极高明而道中庸

季羡林

季羡林
读书与做人

季羡林 著

四川文艺出版社

图书在版编目（CIP）数据

季羡林读书与做人 / 季羡林著. -- 成都：四川文艺出版社，2025.1. --（读书与做人）. -- ISBN 978-7-5411-7114-7

Ⅰ．I267

中国国家版本馆CIP数据核字第2024NQ8396号

JIXIANLIN DUSHU YU ZUOREN
季羡林读书与做人

季羡林 著

出 品 人	冯　静
联合出品	蓝色畅想　AS 迈语文化　海识
责任编辑	苟婉莹
特约编辑	杨雨兰
内文设计	李梓祎
插画绘制	姑苏阿焦
封面设计	仙　境
责任印制	孙文超

出版发行	四川文艺出版社(成都市锦江区三色路238号)
网　　址	www.scwys.com
电　　话	010-82372882（发行部）

印　　刷	三河市九洲财鑫印刷有限公司		
成品尺寸	145mm×210mm	开　本	32开
印　　张	9.75	字　数	200千字
版　　次	2025年1月第一版	印　次	2025年1月第一次印刷
书　　号	ISBN 978-7-5411-7114-7		
定　　价	52.00元		

版权所有，侵权必究。如有印装质量问题，请与本公司图书销售中心联系调换。010-82372882

每个人都争取一个完满的人生。然而,自古及今,海内海外,一个百分之百完满的人生是没有的。所以我说,不完满才是人生

你为什么活着？活着难道就是为了恣睢的享受吗？难道就是为了忍饥受寒吗？问了这些简单的问题之后，会使你头脑清醒一点，会减少一些糊涂。

一个人活在世界上，必须处理好三个关系：第一，人与大自然的关系；第二，人与人的关系，包括家庭关系在内；第三，个人心中思想与感情矛盾与平衡的关系。这三个关系，如果能处理得好，生活就能愉快；否则，生活就有苦恼。

中国古话说:"尽人事而听天命。"首先必须"尽人事",否则馅儿饼决不会自己从天上落到你嘴里来。但又必须"听天命"。人世间,波诡云谲,因果错综。只有能做到"尽人事而听天命",一个人才能永远保持心情的平衡。

走运时，要想到倒霉，不要得意过了头；倒霉时，要想到走运，不必垂头丧气。心态始终保持平衡，情绪始终保持稳定，此亦长寿之道也。

人世多悲欢,珍重生命的人,会寻求一种较合理的人生态度。我所欣赏的人生态度,是道家的一种境界。正如陶渊明诗中所云:纵浪大化中,不喜亦不惧。应尽便须尽,无复独多虑。

我兀坐在书城中,忘记了尘世的一切不愉快的事情,怡然自得。以世界之广,宇宙之大,此时却仿佛只有我和我的书友存在。

相互恩爱，相互诚恳，相互理解，相互容忍，出以真情，不杂私心，家庭和睦，其乐无垠。

不管寿长寿短，都要尽力实现这仅有的一次生命的价值。多体会民胞物与的意义，使人类和动植物都能在仅有的一生中过得愉快，过得幸福，过得美满，过得祥和。

人类是社会动物。一个人在社会中不可能没有朋友。任何人的一生都是一场搏斗。在这一场搏斗中,如果没有朋友,则形单影只,鲜有不失败者。如果有了朋友,则众志成城,鲜有不胜利者。

我是一个最枯燥乏味的人,枯燥到什么嗜好都没有。我自比是一棵只有枝干并无绿叶更无花朵的树。如果读书也能算是一个嗜好的话,我的唯一嗜好就是读书。

目录

第一章

> 一个百分之百完满的人生是没有的。所以我说,不完满才是人生

人生 / 2

再谈人生 / 4

人生的意义与价值 / 6

生命的价值 / 9

世态炎凉 / 13

做人与处世 / 15

有为有不为 / 17

知足知不足 / 19

缘分与命运 / 21

谦虚与虚伪 / 24

走运与倒霉 / 27

牵就与适应 / 29

我最喜爱的书 / 32

藏书与读书 / 36

对我影响最大的几本书 / 39

"天下第一好事,还是读书" / 42

文以载道 / 45

谈文学交流 / 48

漫谈散文 / 53

没有新意,不要写文章 / 61

才、学、识 / 65

勤奋、天才(才能)与机遇 / 69

第二章 如果读书也能算是一个嗜好的话,我的唯一嗜好就是读书

成功 / 72

容忍 / 75

回忆 / 77

寂寞 / 82

毁誉 / 86

谈礼貌 / 88

论恐惧 / 91

漫谈撒谎 / 93

漫谈伦理道德 / 97

一寸光阴不可轻 / 108

我们面对的现实 / 111

第三章 在人生的道路上,每一个人都是孤独的旅客

国学漫谈 / 116

传统文化与现代化 / 121

研究学问的三个境界 / 125

学术良心或学术道德 / 128

治学的态度与方法 / 131

学问中没有捷径 / 133

辞"国学大师" / 138

辞学界（术）泰斗 / 140

辞"国宝" / 141

精华与糟粕 / 151

梦萦未名湖 / 153

漫谈北大派和清华派 / 159

> **第四章** 要说真话，不讲假话，假话全不讲，真话不全讲

怀念母亲 / 164

元旦思母 / 168

我的童年 / 170

我的家 / 180

我写"我" / 184

我的书斋 / 187

我的老师们 / 190

师生之间 / 198

老少之间 / 202

我的心是一面镜子 / 205

温馨，家庭不可或缺的气氛 / 239

> **第五章** 人有生、老、病、死，是自然规律，用不着伤春，也用不着悲秋

长寿之道 / 244

长生不老 / 246

老年谈老 / 248

老年四"得" / 253

老年十忌 / 256

论朋友 / 274

三思而行 / 277

满招损，谦受益 / 279

睁一只眼 闭一只眼 / 282

养生无术是有术 / 285

当时只道是寻常 / 287

第六章

走运时，要想到倒霉，不要得意得过了头；
倒霉时，要想到走运，不必垂头丧气

第一章

一个百分之百完满的人生是没有的。所以我说,不完满才是人生

人生

在一个"人生漫谈"的专栏中,首先谈一谈人生,似乎是理所当然的,未可厚非的。

而且我认为,对于我来说,这个题目也并不难写。我已经到了望九之年,在人生中已经滚了八十多个春秋了。一天天面对人生,时时刻刻面对人生,让我这样一个世故老人来谈人生,还有什么困难呢?岂不是易如反掌吗?

但是,稍微进一步一琢磨,立即出了疑问:什么叫人生呢?我并不清楚。

不但我不清楚,我看芸芸众生中也没有哪一个人真清楚的。古今中外的哲学家谈人生者众矣。什么人生意义,又是什么人生的价值,花样繁多,扑朔迷离,令人眼花缭乱;然而他们说了些什么呢?恐怕连他们自己也是越谈越糊涂。以己之昏昏,焉能使人昭昭!

哲学家的哲学,至矣高矣。但是,恕我大不敬,他们的哲学同吾辈凡人不搭界,让这些哲学,连同它们的"家",坐在神圣的殿堂里去独现辉煌吧!像我这样一个凡人,吃饱了饭没事儿的时候,有时也会想到人生问题。我觉得,我们

"人"的"生",都绝对是被动的。没有哪一个人能先制订一个诞生计划,然后再下生,一步步让计划实现。只有一个人是例外,他就是佛祖释迦牟尼。他住在天上,忽然想降生人寰,超度众生。先考虑要降生的国家,再考虑要降生的父母。考虑周详之后,才从容下降。但他是佛祖,不是吾辈凡人。

吾辈凡人的诞生,无一例外,都是被动的,一点主动也没有。我们糊里糊涂地降生,糊里糊涂地成长,有时也会糊里糊涂地夭折,当然也会糊里糊涂地寿登耄耋,像我这样。

生的对立面是死。对于死,我们也基本上是被动的。我们只有那么一点主动权,那就是自杀。但是,这点主动权却是不能随便使用的。除非万不得已,是决不能使用的。

我在上面讲了那么些被动,那么些糊里糊涂,是不是我个人真正欣赏这一套,赞扬这一套呢?否,否,我决不欣赏和赞扬。我只是说了一点实话而已。

正相反,我倒是觉得,我们在被动中,在糊里糊涂中,还是能够有所作为的。我劝人们不妨在吃饱了燕窝鱼翅之后,或者在吃糠咽菜之后,或者在卡拉OK、高尔夫之后,问一问自己:你为什么活着?活着难道就是为了恣睢的享受吗?难道就是为了忍饥受寒吗?问了这些简单的问题之后,会使你头脑清醒一点,会减少一些糊涂。谓予不信,请尝试之。

1996年11月9日

再谈人生

人生这样一个变化莫测的万花筒,用千把字来谈,是谈不清楚的。所以来一个"再谈"。

这一回我想集中谈一下人性的问题。

大家知道,中国哲学史上,有一个不大不小的争论问题:人是性善,还是性恶?这两个提法都源于儒家。孟子主性善,而荀子主性恶。争论了几千年,也没有争论出一个名堂来。

记得鲁迅先生说过:"人的本性是,一要生存,二要温饱,三要发展。"(记错了,由我负责)这同中国古代一句有名的话,精神完全是一致的:"食,色,性也。"食是为了解决生存和温饱的问题,色是为了解决发展问题,也就是所谓传宗接代。

我看,这不仅仅是人的本性,而且是一切动植物的本性。试放眼观看大千世界,林林总总,哪一个动植物不具备上述三个本能?动物姑且不谈,只拿距离人类更远的植物来说,"桃李无言",它们不但不能行动,连发声也发不出来。然而,它们求生存和发展的欲望,却表现得淋漓尽致。桃李等结甜果子的植物,为什么结甜果子呢?无非是想让人和其他能行动的动物吃了甜果子把核带到远的或近的其他地方,落在地上，生入土中，能发芽、开花、结果，达到发展，即传宗接代的目的。

你再观察，一棵小草或其他植物，生在石头缝中，或者甚至压在石头块下，缺水少光，但是它们却以令人震惊得目瞪口呆的毅力，冲破了身上的重压，弯弯曲曲地、忍辱负重地长了出来，由细弱变为强硬，由一根细苗甚至变成一棵大树，再作为一个独立体，继续顽强地实现那三种本性。"下自成蹊"，就是"无言"的结果吧。

你还可以观察，世界上任何动植物，如果放纵地任其发挥自己的本性，则在不太长的时间内，哪一种动植物也能长满塞满我们生存的这一个小小的星球——地球。那些已绝种或现在濒临绝种的动植物，属于另一个范畴，另有其原因，我以后还会谈到。

那么，为什么到现在还没有哪一种动植物——包括万物之灵的人类在内——能塞满了地球呢？

在这里，我要引老子的话："天地不仁，以万物为刍狗。"是造化小儿——谁也不知道，他究竟有没有？他究竟是什么样子？我不信什么上帝，什么天老爷，什么大梵天，宇宙间没有他们存在的地方。

但是，冥冥中似乎应该有这一类的东西，是他或它巧妙计算，不让动植物的本性光合得逞。

1996 年 11 月 12 日

人生的意义与价值

当我还是一个青年大学生的时候,报刊上曾刮起一阵讨论人生的意义与价值的微风,文章写了一些,议论也发表了一通。我看过一些文章,但自己并没有参加进去。原因是,有的文章不知所云,我看不懂。更重要的是,我认为这种讨论本身就无意义,无价值,不如实实在在地干几件事好。

时光流逝,一转眼,自己已经到了望九之年,活得远远超过了我的预算。有人认为长寿是福,我看也不尽然。人活得太久了,对人生的种种相,众生的种种相,看得透透彻彻,反而鼓舞时少,叹息时多。远不如早一点离开人世这个是非之地,落一个耳根清净。

那么,长寿就一点好处都没有吗?也不是的。这对了解人生的意义与价值,会有一些好处的。

根据我个人的观察,对世界上绝大多数人来说,人生一无意义,二无价值。他们也从来不考虑这样的哲学问题。走运时,手里攥满了钞票,白天两顿美食城,晚上一趟卡拉OK,玩一点小权术,耍一点小聪明,甚至恣睢骄横,飞扬跋扈,昏昏沉沉,浑浑噩噩,等到钻入了骨灰盒,也不明白自己为什么活过一生。

其中不走运的则穷困潦倒,终日为衣食奔波,愁眉苦脸,长吁短叹。即使日子还能过得去的,不愁衣食,能够温饱,然而也终日忙忙碌碌,被困于名缰,被缚于利索。同样是昏昏沉沉,浑浑噩噩,不知道为什么活过一生。

对这样的芸芸众生,人生的意义与价值从何处谈起呢?

我自己也属于芸芸众生之列,也难免浑浑噩噩,并不比任何人高一丝一毫。如果想勉强找一点区别的话,那也是有的:我,当然还有一些别的人,对人生有一些想法,动过一点脑筋,而且自认这些想法是有点道理的。

我有些什么想法呢?话要说得远一点。当今世界上战火纷飞,人欲横流,"黄钟毁弃,瓦釜雷鸣",是一个十分不安定的时代。但是,对于人类的前途,我始终是一个乐观主义者。我相信,不管还要经过多少艰难曲折,不管还要经历多少时间,人类总会越变越好的,人类大同之域决不会仅仅是一个空洞的理想。但是,想要达到这个目的,必须经过无数代人的共同努力。有如接力赛,每一代人都有自己的一段路程要跑。又如一条链子,是由许多环组成的,每一环从本身来看,只不过是微不足道的一点东西;但是没有这一点东西,链子就组不成。在人类社会发展的长河中,我们每一代人都有自己的任务,而且是绝非可有可无的。如果说人生有意义与价值的话,其意义与价值就在这里。

但是,这个道理在人类社会中只有少数有识之士才能理解。鲁迅先生所称之"中国的脊梁",指的就是这种人。对于那些肚子里吃满了肯德基、麦当劳、比萨饼,到头来终不过是浑浑噩噩的人来说,有如夏虫不足以与语冰,这些道理是没法谈的。他们无法理解自己对人类发展所应当承担的责任。

话说到这里,我想把上面说的意思简短扼要地归纳一下:如果人生真有意义与价值的话,其意义与价值就在于对人类发展的承上启下,承前启后的责任感。

1995 年

生命的价值

人世多悲欢,珍重生命的人,会寻求一种较合理的人生态度。我所欣赏的人生态度,是道家的一种境界。正如陶渊明诗中所云:

> 纵浪大化中,
> 不喜亦不惧。
> 应尽便须尽,
> 无复独多虑。

人总希望活下去,生与死是相对的。

印度梵文中的"死"字,是一个动词,而不是名词,变化形式同被动态一样。这说明印度古代的语法学家,精通人情心态。死几乎都是被动的,一个人除非被逼至绝境,他是不会轻易抛弃自己生命的。

我向无大志,是一个很平常的人。我对亲人,对朋友,总是怀有真挚的感情,我从来没有故意伤害过别人。但是,在那段浩劫的岁月里,我因为敢于仗义执言,几乎把老命赔上。

那时，任何一个戴红箍的学生和教员，都可以随意对我进行辱骂和殴打，我这样一位手无搏击之力的老人，被打得一佛出世，二佛升天，这种皮肉上的痛苦给心灵上带来的摧残是终生难忘的。

我的性命本该在那场浩劫中结束，在比一根头发丝还细的偶然中我没有像老舍先生那样走上绝路，我侥幸活了下来，我被分配淘厕所，看门房，守电话，我像个患了"麻风病"的人，很少人能有勇气同我交谈，我听从任何人的训斥或调遣，只能规规矩矩，不敢乱说乱动。

我活下来，一种悔愧耻辱之感在咬我的心。

我活下来，一种求生本能之意在唤我的心。

我扪心自问：我是个有教养、有尊严、有点学问、有点良知的人，我能忍辱负重地活下来，根本缘由在于我的思想还在，我的理智还在，我的信念还在，我的感情还在。我不甘心成为行尸走肉，我不情愿那样苟且偷生，我必须干点事情。二百多万字的印度大史诗《罗摩衍那》，就是在那段时期，那个环境，那种心态下译完的。

我活下来，寻找并实现着我的生命价值……

几十年过去了，回忆往昔岁月，依旧历历在目。中国的知识分子，尤其是老知识分子身经忧患，在过去几十年的所谓政治运动中，被戴上许多离奇荒诞匪夷所思的帽子。磕磕碰碰，道路并不平坦。他们在风雨中经受了磨炼，抱着一种更宽厚、更仁爱的心胸看待生活，他们更愿讲真话。

敢讲真话是需要极大的勇气，有时甚至需要极硬的"骨气"。历史上，因为讲真话而受迫害，遭厄运的人数还少吗？

我们北大的老校长马寅初先生，在1957年曾发表过著名的《新人口论》，他讲了真话。但到了1959年，这个纯粹学术探讨的问题，竟变成了全国性的政治讨伐。面对数百人的批判，老马拼上一身老骨头，迎接挑战。他曾著文声明："这个挑战是合理的，我当敬谨拜受。我虽年近八十，明知寡不敌众，自当单身匹马，出来迎战，直至战死为止，决不向专以力压服而不以理说服的那种批判者投降。"马老很快遭了厄运。但他的精神，他的"骨气"，为世人所钦仰、所颂扬，因为他敢于维护自己的信念，敢于坚持真话。他成为我们这一代知识分子的楷模。

我国著名老作家巴金先生，对三十年前那场浩劫所造成的灾难，认真地反思，他在晚年，以老迈龙钟之身，花费了整整七年的时间，呕心沥血地写成了一部讲真话的大书《随想录》。这部书的永恒价值，就在于巴老敢于在书里写真话。

当然，只写真话，并不一定都是好文章，好文章应有淳美的文采和深邃的思想。真情实感只有融入艺术性中，才能成为好文章，才能产生感人的力量。我所欣赏的文章风格是：淳朴恬澹，本色天然，外表平易，秀色内涵，有节奏性，有韵律感的文章。我不喜欢浮滑率意，平板呆滞的文章。

现在，善待知识分子已成为我们的国策，我希望中国年轻一代知识分子，不要再经受我们老辈人所经受的那种磨难，他们应该生活在一种更人道的环境里。当然，社会是发展的，他们会在新的环境里，遇到更激烈的竞争。但这是一种智力上的公平竞争，是现代社会中一种高尚的、文明的竞争。它的存在，是社会进步的表现。

有志于使中华民族强盛的人们，尤其是年轻一代知识分子，你们的生命只有和民族的命运融合在一起才有价值，离开民族大业的个人追求，总是渺小的。这就是我，一个老知识分子的心声。

我在写这篇序文时，窗外暗夜正在向前流动着，不知不觉中，暗夜已逝，旭日东升。朝阳从窗外流入我的书房。我静坐沉思，时而举目凝望，窗外的树木枝叶繁茂，那青翠昂然的浓绿扑人眉宇，它给我心中增添了鲜活的力量。

世态炎凉

世态炎凉，古今所共有，中外所同然，是最稀松平常的事，用不着多伤脑筋。元曲《冻苏秦》中说："也素把世态炎凉心中暗忖。"《隋唐演义》中说："世态炎凉，古今如此。"不管是"暗忖"，还是明忖，反正你得承认这个"古今如此"的事实。

但是，对世态炎凉的感受或认识的程度，却是随年龄的大小和处境的不同而很不相同的，绝非大家都一模一样。我在这里发现了一条定理：年龄大小与处境坎坷同对世态炎凉的感受成正比。年龄越大，处境越坎坷，则对世态炎凉感受越深刻。反之，年龄越小，处境越顺利，则感受越肤浅。这是一条放诸四海而皆准的定理。

我已到望九之年，在八十多年的生命历程中，一波三折，好运与多舛相结合，坦途与坎坷相混杂，几度倒下，又几度爬起来，爬到今天这个地步，我可是真正参透了世态炎凉的玄机，尝够了世态炎凉的滋味。特别是"十年浩劫"中，我因为胆大包天，自己跳出来反对"北大"那一位炙手可热的"老佛爷"，被戴上了种种莫须有的帽子，被"打"成了反革命，遭受了极其残酷的至今回想起来还毛骨悚然的折磨。从牛棚里放出来以后,有长达几年的一段时间,我成了燕园中一个"不可接触者"。走在路上,我当年辉煌时对我低头弯腰毕恭毕敬的人,那时却视若路人,没有哪一个敢或肯跟我说一句话的。我也不习惯于抬头看人,同人说话。我这个人已经异化为"非人"。一天,我的孙子发烧到四十度,老祖和我用破自行车推着到校医院去急诊。一个女同事竟吃了老虎心豹子胆似的,帮我这个已经步履蹒跚的花甲老人推了推车。我当时感动得热泪盈眶,如吸甘露,如饮醍醐。这件事、这个人我毕生难忘。

雨过天晴,云开雾散,我不但"官"复原职,而且还加官晋爵,又开始了一段辉煌。原来是门可罗雀,现在又是宾客盈门。你若问我有什么想法没有,想法当然是有的,一个忽而上天堂,忽而下地狱,又忽而重上天堂的人,哪能没有想法呢?我想的是:世态炎凉,古今如此。任何一个人,包括我自己在内,以及任何一个生物,从本能上来看,总是趋吉避凶的。因此,我没怪罪任何人,包括打过我的人。我没有对任何人打击报复。并不是由于我度量特别大,能容天下难容之事,而是由于我洞明世事,又反求诸躬。假如我处在别人的地位上,我的行动不见得会比别人好。

1997 年

做人与处世

一个人活在世界上，必须处理好三个关系：第一，人与大自然的关系；第二，人与人的关系，包括家庭关系在内；第三，个人心中思想与感情矛盾与平衡的关系。这三个关系，如果能处理得好，生活就能愉快；否则，生活就有苦恼。

人本来也是属于大自然范畴的。但是，人自从变成了"万物之灵"以后，就同大自然闹起独立来，有时竟成了大自然的对立面。人类的衣食住行所有的资料都取自大自然，我们向大自然索取是不可避免的。关键是怎样去索取？索取手段不出两途：一用和平手段，一用强制手段。我个人认为，东西文化之分野，就在这里。西方对待大自然的基本态度或指导思想是"征服自然"，用一句现成的套话来说，就是用处理敌我矛盾的方法来处理人与大自然的关系。结果呢，从表面上看上去，西方人是胜利了，大自然真的被他们征服了。自从西方产业革命以后，西方人屡创奇迹。楼上楼下，电灯电话。大至宇宙飞船，小至原子，无一不出自西方"征服者"之手。

然而，大自然的容忍是有限度的，它是能报复的，它是能惩罚的。报复或惩罚的结果,人皆见之,比如环境污染,生态失衡,臭氧层出洞,物种灭绝,人口爆炸,淡水资源匮乏,新疾病产生,如此等等,不一而足。这些弊端中哪一项不解决都能影响人类生存的前途。我并非危言耸听,现在全世界人民和政府都高呼环保,并采取措施。古人说:"失之东隅,收之桑榆。"犹未为晚。

中国或者东方对待大自然的态度或哲学基础是"天人合一"。宋人张载说得最简明扼要:"民吾同胞,物吾与也。""与"的意思是伙伴。我们把大自然看作伙伴。可惜我们的行为没能跟上。在某种程度上,也采取了"征服自然"的办法,结果也受到了大自然的报复,前不久南北的大洪水不是很能发人深省吗?至于人与人的关系,我的想法是:对待一切善良的人,不管是家属,还是朋友,都应该有一个两字箴言:一曰真,二曰忍。真者,以真情实意相待,不允许弄虚作假。对待坏人,则另当别论。忍者,相互容忍也。日子久了,难免有点磕磕碰碰。在这时候,头脑清醒的一方应该能够容忍。如果双方都不冷静,必致因小失大,后果不堪设想。唐朝张公艺的"百忍"是历史上有名的例子。

至于个人心中思想感情的矛盾,则多半起于私心杂念。解之之方,唯有消灭私心,学习诸葛亮的"淡泊以明志,宁静以致远",庶几近之。

1998年11月17日

有为有不为

"为",就是"做"。应该做的事,必须去做,这就是"有为"。不应该做的事必不能做,这就是"有不为"。

在这里,关键是"应该"二字。什么叫"应该"呢?这有点像仁义的"义"字。韩愈给"义"字下的定义是"行而宜之之谓义"。"义"就是"宜",而"宜"就是"合适",也就是"应该",但问题仍然没有解决。要想从哲学上,从伦理学上,说清楚这个问题,恐怕要写上一篇长篇论文,甚至一部大书。我没有这个能力,也认为根本无此必要。我觉得,只要诉诸一般人都能够有的良知良能,就能分辨清是非善恶了,就能知道什么事应该做,什么事不应该做了。

中国古人说:"勿以善小而不为,勿以恶小而为之。"可见善恶是有大小之别的,应该不应该也是有大小之别的,并不是都在一个水平上。什么叫大,什么叫小呢?这里也用不着烦琐的论证,只须动一动脑筋,睁开眼睛看一看社会,也就够了。

小恶、小善,在日常生活中随时可见,比如,在公共汽车上给老人和病人让座,能让,算是小善;不能让,也只能算是小恶,够不上大逆不道。然而,从那些一看到有老人或病人上车就立即装出闭目养神的样子的人身上，不也能由小见大看出了社会道德的水平吗？

至于大善大恶，目前社会中也可以看到，但在历史上却看得更清楚。比如宋代的文天祥。他为元军所虏。如果他想活下去，屈膝投敌就行了，不但能活，而且还能有大官做，最多是在身后被列入《贰臣传》，"身后是非谁管得"，管那么多干吗呀。然而他却高赋《正气歌》，从容就义，留下英名万古传，至今还在激励着我们全国人民的爱国热情。

通过上面举的一个小恶的例子和一个大善的例子，我们大概对大小善和大小恶能够得到一个笼统的概念了。凡是对国家有利，对人民有利，对人类发展前途有利的事情就是大善，反之就是大恶。凡是对处理人际关系有利，对保持社会安定团结有利的事情可以称之为小善，反之就是小恶。大小之间有时难以区别，这只不过是一个大体的轮廓而已。

大小善和大小恶有时候是有联系的。俗话说："千里之堤，溃于蚁穴。"拿眼前常常提到的贪污行为而论，往往是先贪污少量的财物，心里还有点打鼓。但是，一旦得逞，尝到甜头，又没被人发现，于是胆子越来越大，贪污的数量也越来越多，终至于一发而不可收拾，最后受到法律的制裁，悔之晚矣。也有个别的识时务者，迷途知返，就是所谓浪子回头者，然而难矣哉！

我的希望很简单，我希望每个人都能有为有不为。一旦"为"错了，就毅然回头。

2001年2月23日

知足知不足

曾见冰心老人为别人题座右铭:"知足知不足,有为有不为。"言简意赅,寻味无穷。特写短文两篇,稍加诠释。先讲知足知不足。

中国有一句老话:"知足常乐。"为大家所遵奉。什么叫"知足"呢?还是先查一下字典吧。《现代汉语词典》说:"知足满足于已经得到的(指生活、愿望等)。"如果每个人都能满足于已经得到的东西,则社会必能安定,天下必能太平,这个道理是显而易见的。可是社会上总会有一些人不安分守己,癞蛤蟆想吃天鹅肉。这样的人往往要栽大跟头的。对他们来说,"知足常乐"这句话就成了灵丹妙药。

但是,知足或者不知足也要分场合的。在旧社会,穷人吃草根树皮,阔人吃燕窝鱼翅。在这样的场合下,你劝穷人知足,能劝得动吗?正相反,应当鼓励他们不能知足,要起来斗争。这样的不知足是正当的,是有重大意义的,它能伸张社会正义,能推动人类社会前进。

除了场合以外,知足还有一个分(fèn)的问题。什么叫分?笼统言之,就是适当的限度。人们常说的"安分""非分",等等,指的就是限度。这个限度也是极难掌握的,是因人而异、因地而异的。勉强找一个标准的话,那就是"约定俗成"。我想,冰心老人之所以写这一句话,其意不过是劝人少存非分之想而已。至于知不足,在汉文中虽然字面上相同,其涵义则有差别。

这里所谓"不足",指的是"不足之处""不够完美的地方"。这句话同"自知之明"有联系。

自古以来,中国就有一句老话:"人贵有自知之明。"这一句话暗示给我们,有自知之明并不容易,否则这一句话就用不着说了。事实上也确实如此。就拿现在来说,我所见到的人,大都自我感觉良好。专以学界而论,有的人并没有读几本书,却不知天高地厚,以天才自居,靠自己一点小聪明——这能算得上聪明吗?——狂傲恣睢,骂尽天下一切文人,大有用一管毛锥横扫六合之概,令明眼人感到既可笑,又可怜。这种人往往没有什么出息。因为,又有一句中国老话:"学如逆水行舟,不进则退。"还有一句中国老话:"学海无涯。"说的都是真理。但在这些人眼中,他们已经穷了学海之源,往前再没有路了,进步是没有必要的。他们除了自我欣赏之外,还能有什么出息呢?

古代希腊人也认为自知之明是可贵的,所以语重心长地说出了:"要了解你自己!"中国同希腊相距万里,可竟说了几乎是一模一样的话,可见这些话是普遍的真理。中外几千年的思想史和科学史,也都证明了一个事实:只有知不足的人才能为人类文化做出贡献。

2001年2月21日

缘分与命运

缘分与命运本来是两个词儿,都是我们口中常说,文中常写的。但是,仔细琢磨起来,这两个词儿涵义极为接近,有时达到了难解难分的程度。

缘分和命运可信不可信呢?

我认为,不能全信,又不可不信。

我绝不是为算卦相面的"张铁嘴""王半仙"之流的骗子来张目。算八字算命那一套骗人的鬼话,只要一个异常简单的事实就能揭穿。试问普天之下——番邦暂且不算,因为老外那里没有这套玩意儿——同年、同月、同日、同时生的孩子有几万,几十万,他们一生的经历难道都能够绝对一样吗?绝对地不一样,倒近于事实。

可你为什么又说,缘分和命运不可不信呢?

我也举一个异常简单的事实。只要你把你最亲密的人,你的老伴——或者"小伴",这是我创造的一个名词儿,年轻的夫妻之谓也——同你自己相遇,一直到"有情人终成了眷属"的经过回想一下,便立即会同意我的意见。你们可能是一个生在天南,一个生在海北,中间经过了不知道多少偶然的机遇，有的机遇简直是间不容发，稍纵即逝，可终究没有错过，你们到底走到一起来了。即使是青梅竹马的关系，也同样有个"机遇"问题。这种"机遇"是报纸上的词儿，哲学上的术语是"偶然性"，老百姓嘴里就叫做"缘分"或"命运"。这种情况，谁能否认，又谁能解释呢？没有办法，只好称之为缘分或命运。

北京西山深处有一座辽代古庙名叫"大觉寺"。此地有崇山峻岭，茂林流泉，有三百年的玉兰树，二百年的藤萝花，是一个绝妙的地方。将近二十年前，我骑自行车去过一次。当时古寺虽已破败，但仍给我留下了深刻的印象，至今忆念难忘。去年春末，北大中文系的毕业生欧阳旭邀我们到大觉寺去剪彩，原来他下海成了颇有基础的企业家。他毕竟是书生出身，念念不忘为文化做贡献。他在大觉寺里创办了一个明慧茶院，以弘扬中国的茶文化。我大喜过望，准时到了大觉寺。此时的大觉寺已完全焕然一新，雕梁画栋，金碧辉煌，玉兰已开过而紫藤尚开，品茗观茶道表演，心旷神怡，浑然欲忘我矣。

将近一年以来，我脑海中始终有一个疑团：这个英年岐嶷的小伙子怎么会到深山里来搞这么一个茶院呢？前几天，欧阳旭又邀我们到大觉寺去吃饭。坐在汽车上，我不禁向他提出了我的问题。他莞尔一笑，轻声说："缘分！"原来在这之前他携伙伴郊游，黄昏迷路，撞到大觉寺里来。爱此地之清幽，便租了下来，加以装修，创办了明慧茶院。

此事虽小，可以见大。信缘分与不信缘分，对人的心情影响是不一样的。信者胜可以做到不骄，败可以做到不馁，决不至胜则忘乎所以，败则怨天尤人。中国古话说："尽人事而听天命。"首先必须"尽人事"，否则馅儿饼决不会自己从天上落到你嘴里来。但又必须"听天命"。人世间，波诡云谲，因果错综。只有能做到"尽人事而听天命"，一个人才能永远保持心情的平衡。

1998 年 1 月 16 日

谦虚与虚伪

在伦理道德的范畴中，谦虚一向被认为是美德，应该扬；而虚伪则一向被认为是恶习，应该抑。

然而，究其实际，二者间有时并非泾渭分明，其区别间不容发。谦虚稍一过头，就会成为虚伪。我想，每个人都会有这种体会的。

在世界文明古国中，中国是提倡谦虚最早的国家。在中国最古的经典之一的《尚书·大禹谟》中就已经有了"满招损，谦受益，时（是）乃天道"这样的教导，把自满与谦虚提高到"天道"的水平，可谓高矣。从那以后，历代的圣贤无不张皇谦虚，贬抑自满。一直到今天，我们常用的词汇中仍然有一大批与"谦"字有联系的词儿，比如"谦卑""谦恭""谦和""谦谦君子""谦让""谦顺""谦虚""谦逊"，等等。可见"谦"字之深入人心，久而愈彰。

我认为，我们应当提倡真诚的谦虚，而避免虚伪的谦虚，后者与虚伪间不容发矣。

可是在这里我们就遇到了一个拦路虎：什么叫"真诚的谦虚"？什么又叫"虚伪的谦虚"？两者之间并非泾渭分明，

简直可以说是因人而异，因地而异，因时而异，掌握一个正确的分寸难于上青天。

最突出的是因地而异，"地"指的首先是东方和西方。在东方，比如说中国和日本，提到自己的文章或著作，必须说是"拙作"或"拙文"。在西方各国语言中是找不到相当的词儿的。尤有甚者，甚至可能产生误会。中国人请客，发请柬必须说"洁治菲酌"，不了解东方习惯的西方人就会满腹疑团：为什么单单用"不丰盛的宴席"来请客呢？日本人送人礼品，往往写上"粗品"二字，西方人又会问：为什么不用"精品"来送人呢？在西方，对老师，对朋友，必须说真话，会多少，就说多少。如果你说，这个只会一点点儿，那个只会一星星儿，他们就会信以为真，在东方则不会。这有时会很危险的。至于吹牛之流，则为东西方同样所不齿，不在话下。

可是怎样掌握这个分寸呢？我认为，在这里，真诚是第一标准。虚怀若谷，如果是真诚的话，它会促你永远学习，永远进步。有的人永远"自我感觉良好"，这种人往往不能进步。康有为是一个著名的例子。他自称，年届而立，天下学问无不掌握。结果说康有为是一个革新家则可，说他是一个学问家则不可。较之乾嘉诸大师，甚至清末民初诸大师，包括他的弟子梁启超在内，他在学术上是没有建树的。

总之，谦虚是美德，但必须掌握分寸，注意东西。在东方谦虚涵盖的范围广，不能施之于西方，此不可不注意者。

然而，不管东方或西方，必须出之以真诚。有意的过分的谦虚就等于虚伪。

1998年10月3日

走运与倒霉

走运与倒霉，表面上看起来，似乎是绝对对立的两个概念。世人无不想走运，而决不想倒霉。

其实，这两件事是有密切联系的，互相依存的，互为因果的。说极端了，简直是一而二二而一者也。这并不是我的发明创造。两千多年前的老子已经发现了，他说："祸兮福之所倚，福兮祸之所伏，孰知其极？其无正。"老子的"福"就是走运，他的"祸"就是倒霉。

走运有大小之别，倒霉也有大小之别，而二者往往是相通的。走的运越大，则倒的霉也越惨，二者之间成正比。中国有一句俗话说："爬得越高，跌得越重。"形象生动地说明了这种关系。

吾辈小民，过着平平常常的日子，天天忙着吃、喝、拉、撒、睡；操持着柴、米、油、盐、酱、醋、茶。有时候难免走点小运，有的是主动争取来的，有的是时来运转，好运从天上掉下来的。高兴之余，不过喝上二两二锅头，飘飘然一阵了事。但有时又难免倒点小霉，"闭门家中坐，祸从天上来"，没有人去争取倒霉的。倒霉以后，也不过心里郁闷几天，对老婆孩子发点小脾气,转瞬就过去了。

但是,历史上和眼前的那些大人物和大款们,他们一身系天下安危,或者系一个地区、一个行当的安危。他们得意时,比如打了一个大胜仗,或者倒卖房地产、炒股票,发了一笔大财,意气风发,踌躇满志,自以为天上天下,唯我独尊。"固一世之雄也",怎二两二锅头了得!然而一旦失败,不是自刎乌江,就是从摩天高楼跳下,"而今安在哉!"。

从历史上到现在,中国知识分子有一个"特色",这在西方国家是找不到的。中国历代的诗人、文学家,不倒霉则走不了运。司马迁在《太史公自序》中说:"昔西伯拘羑里,演《周易》;孔子厄陈蔡,作《春秋》;屈原放逐,著《离骚》;左丘失明,厥有《国语》;孙子膑脚,而论兵法;不韦迁蜀,世传《吕览》;韩非囚秦,《说难》《孤愤》;《诗》三百篇,大抵贤圣发愤之所为作也。"司马迁算的这个总账,后来并没有改变。汉以后所有的文学大家,都是在倒霉之后,才写出了震古烁今的杰作。像韩愈、苏轼、李清照、李后主等等一批人,莫不皆然。从来没有过状元宰相成为大文学家的。

了解了这一番道理之后,有什么意义呢?我认为,意义是重大的。它能够让我们头脑清醒,理解祸福的辩证关系;走运时,要想到倒霉,不要得意过了头;倒霉时,要想到走运,不必垂头丧气。心态始终保持平衡,情绪始终保持稳定,此亦长寿之道也。

1998年11月2日

牵就与适应

牵就,也作"迁就"和"适应",是我们说话和行文时常用的两个词儿,含义颇有些类似之处;但是,一仔细琢磨,二者间实有差别,而且是原则性的差别。

根据词典的解释,《现代汉语词典》注"牵就"为"迁就"和"牵强附会"。注"迁就"为"将就别人",举的例是:"坚持原则,不能迁就。"注"将就"为"勉强适应不很满意的事物或环境"。举的例是:"衣服稍微小一点,你将就着穿吧!"注"适应"为"适合(客观条件或需要)"。举的例子是"适应环境"。"迁就"这个词儿,古书上也有,《辞源》注为"舍此取彼,委曲求合"。

我说,二者含义有类似之处,《现代汉语词典》注"将就"一词时就使用了"适应"一词。

词典的解释,虽然头绪颇有点乱,但是,归纳起来,"牵就(迁就)"和"适应"这两个词儿的含义还是清楚的。"牵就"的宾语往往是不很令人愉快、令人满意的事情。在平常的情况下,这种事情本来是不能或者不想去做的。极而言之,有些事情甚至是违反原则的,违反做人的道德的,当然完全是不能去做的。但是，迫于自己无法掌握的形势，或者出于利己的私心，或者由于其他的什么原因，非做不行，有时候甚至昧着自己的良心，自己也会感到痛苦的。

根据我个人的语感，我觉得，"牵就"的根本含义就是这样，词典上并没有说清楚。

但是，又是根据我个人的语感，我觉得，"适应"同"牵就"是不相同的。我们每一个人都会经常使用"适应"这个词儿的。不过在大多数的情况下，我们都是习而不察。我手边有一本沈从文先生的《花花朵朵 坛坛罐罐》，汪曾祺先生的《代序：沈从文转业之谜》中有一段话说："一切终得变，沈先生是竭力想适应这种'变'的。"这种"变"，指的是解放。沈先生写信给人说："对于过去种种，得决心放弃，从新起始来学习。这个新的起始，并不一定即能配合当前需要，惟必能把握住一个进步原则来肯定，来完成，来促进。"沈从文先生这个"适应"，是以"进步原则"来适应新社会的。这个"适应"是困难的，但是正确的。我们很多人在解放初期都有类似的经验。

再拿来同"牵就"一比较，两个词儿的不同之处立即可见。"适应"的宾语，同"牵就"不一样，它是好的事物，进步的事物；即使开始时有点困难，也必能心悦诚服地予以克服。在我们的一生中，我们会经常不断地遇到必须"适应"的事务，"适应"成功，我们就有了"进步"。

简截说：我们须"适应"，但不能"牵就"。

第二章

如果读书也能算是一个嗜好的话,我的唯一嗜好就是读书

我最喜爱的书

我在下面介绍的只限于中国文学作品。外国文学作品不在其中。我的专业书籍也不包括在里面,因为太冷僻。

一、司马迁的《史记》

《史记》这一部书,很多人都认为它既是一部伟大的史籍,又是一部伟大的文学作品。我个人同意这个看法。平常所称的"二十四史"中,尽管水平参差不齐,但是哪一部也不能望《史记》之项背。

《史记》之所以能达到这个水平,司马迁的天才当然是重要原因;但是他的遭遇起的作用似乎更大。他无端受了宫刑,以致郁闷激愤之情溢满胸中,发而为文,句句皆带悲愤。他在《报任少卿书》中已有充分的表露。

二、《世说新语》

这不是一部史书,也不是某一个文学家和诗人的总集,而只是一部由许多颇短的小故事编纂而成的奇书。有些篇只有短短几句话,连小故事也算不上。每一篇几乎都有几句或一句隽语,表面简单淳朴,内容却深奥异常,令人回味无穷。六朝和稍前的一个时期内,社会动乱,出了许多看来脾气相当古怪的人物,外似放诞,内实怀忧。他们的举动与常人不同。此书记录了他们的言行,短短几句话,而栩栩如生,令人难忘。

三、陶渊明的诗

有人称陶渊明为"田园诗人"。笼统言之,这个称号是恰当的。他的诗确实与田园有关。"采菊东篱下,悠然见南山",这样的名句几乎是家喻户晓的。从思想内容上来看,陶渊明颇近道家,中心是纯任自然。从文体上来看,他的诗简易淳朴,毫无雕饰,与当时流行的镂金错彩的骈文迥异其趣。因此,在当时以及以后的一段时间内,对他的诗的评价并不高,在《诗品》中,仅列为中品。但是,时间越后,评价越高,最终成为中国伟大诗人之一。

四、李白的诗

李白是中国文学史上最伟大的天才之一,这一点是谁都承认的。杜甫对他的诗给予了最高的评价:"白也诗无敌,飘然思不群。清新庾开府,俊逸鲍参军。"李白的诗风飘逸豪放。根据我个人的感受,读他的诗,只要一开始,你就很难停住,必须读下去。原因我认为是,李白的诗一气流转,这一股"气"不可抗御,让你非把诗读完不行。这在别的诗人作品中,是很难遇到的现象。在唐代,以及以后的一千多年中,对李白的诗几乎只有赞誉,而无批评。

五、杜甫的诗

杜甫也是一个伟大的诗人,千余年来,李杜并称。但是二人的创作风格却迥乎不同:李是飘逸豪放,而杜则是沉郁顿挫。从使用的格律上,也可以看出二人的不同。七律在李白集中比较少见,而在杜甫集中则颇多。摆脱七律的束缚,李白是没有枷锁跳舞;杜甫善于使用七律,则是带着枷锁跳舞,二人的舞都达到了极高的水平。在文学批评史上,杜甫颇受到一些人的指摘,而对李白则绝无仅有。

六、南唐后主李煜的词

南唐后主李煜的词传留下来的仅有三十多首,可分为前后两期:前期仍在江南当小皇帝,后期则已降宋。后期词不多,但是篇篇都是杰作,纯用白描,不作雕饰,一个典故也不用,话几乎都是平常的白话,老妪能解;然而意境却哀婉凄凉,千百年来打动了千百万人的心。在词史上巍然成一大家,受到了文艺批评家的赞赏。但是,对王国维在《人间词话》中赞美后主有佛祖的胸怀,我却至今尚不能解。

七、苏轼的诗文词

中国古代赞誉文人有三绝之说。三绝者,诗、书、画三个方面皆能达到极高水平之谓也,苏轼至少可以说已达到了五绝:诗、书、画、文、词。因此,我们可以说,苏轼是中国文学史和艺术史上最全面的伟大天才。论诗,他为宋代一大家。论文,他是唐宋八大家之一。笔墨凝重,大气磅礴。论书,他是宋代苏、黄、米、蔡四大家之首。论词,他摆脱了婉约派的传统,创豪放派,与辛弃疾并称。

八、纳兰性德的词

宋代以后,中国词的创作到了清代又掀起了一个新的高潮。名家辈出,风格不同,又都能各极其妙,实属难能可贵。在这群灿若列星的词家中,我独独喜爱纳兰性德。他是大学士明珠的儿子，生长于荣华富贵中，然而却胸怀愁思，流溢于楮墨之间。这一点我至今还难以得到满意的解释。从艺术性方面来看，他的词可以说是已经达到了完美的境界。

九、吴敬梓的《儒林外史》

胡适之先生给予《儒林外史》极高的评价。诗人冯至也酷爱此书。我自己也是极为喜爱《儒林外史》的。

此书的思想内容是反科举制度，昭然可见，用不着细说，它的特点在艺术性上。吴敬梓惜墨如金，从不作冗长的描述。书中人物众多，各有特性，作者只讲一个小故事，或用短短几句话，活脱脱一个人就仿佛站在我们眼前，栩栩如生。这种特技极为罕见。

十、曹雪芹的《红楼梦》

在古今中外众多的长篇小说中，《红楼梦》是一颗璀璨的明珠，是状元。中国其他长篇小说都没能成为"学"，而"红学"则是显学。《红楼梦》描述的是一个大家族的衰微的过程。本书特异之处也在它的艺术性上。书中人物众多，男女老幼，主子奴才，五行八作，应有尽有。作者有时只用寥寥数语而人物就活灵活现，让读者永远难忘。读这样一部书，主要是欣赏它的高超的艺术手法。那些把它政治化的无稽之谈，都是不可取的。

2001年3月21日

藏书与读书

有一个平凡的真理，直到耄耋之年，我才顿悟：中国是世界上最喜藏书和读书的国家。

什么叫书？我没有能力，也不愿意去下定义。我们姑且从孔老夫子谈起吧。他老人家读《易》，至于韦编三绝，可见用力之勤。当时还没有纸，文章是用漆写在竹简上面的，竹简用皮条拴起来，就成了书。翻起来很不方便，读起来也有困难。我国古时有一句话，叫做"学富五车"，说一个人肚子里有五车书，可见学问之大。这指的是用纸作成的书，如果是竹简，则五车也装不了多少部书。

后来发明了纸。这一来写书方便多了；但是还没有发明印刷术，藏书和读书都要用手抄，这当然也不容易。如果一个人抄的话，一辈子也抄不了多少书。可是这丝毫也阻挡不住藏书和读书者的热情。我们古籍中不知有多少藏书和读书的故事，也可以叫做佳话。我们浩如烟海的古籍，以及古籍中寄托的文化之所以能够流传下来，历千年而不衰，我们不能不感谢这些爱藏书和读书的先民。

后来我们又发明了印刷术。有了纸，又能印刷，书籍流传方便多了。从这时起，古籍中关于藏书和读书的佳话，更多了起来。宋版、元版、明版的书籍被视为珍品。历代都有一些藏书家，什么绛云楼、天一阁、铁琴铜剑楼、海源阁等，说也说不完。有的已经消失，有的至今仍在，为我们新社会的建设服务。我们不能不感激这些藏书的祖先。

至于专门读书的人，历代记载更多。也还有一些关于读书的佳话，什么囊萤映雪之类。有人做过试验，无论萤和雪都不能亮到让人能读书的程度，然而在这一则佳话中所蕴含的鼓励人读书的热情则是大家都能感觉到的。还有一些鼓励人读书的话和描绘读书乐趣的诗句。"书中自有颜如玉"之类的话，是大家都熟悉的，说这种话的人的"活思想"是非常不高明的，不会得到大多数人的赞赏。关于"四时读书乐"一类的诗，也是大家所熟悉的。可惜我童而习之，至今老朽昏聩，只记住了一句："绿满窗前草不除。"这样的读书情趣也是颇能令人向往的。此外如"红袖添香夜读书"之类的读书情趣，代表另一种趣味。据鲁迅先生说，连大学问家刘半农也向往，可见确有动人之处了。"雪夜闭门读禁书"代表的情趣又自不同，又是"雪夜"，又是"禁书"，不是也颇有人向往吗？

这样藏书和读书的风气，其他国家不能说一点没有；但是据浅见所及，实在是远远不能同我国相比。因此我才悟出了"中国是世界上最爱藏书和读书的国家"这一条简明而意义深远的真理。中国古代光辉灿烂的文化有极大一部分是通过书籍传流下来的。到了今天，我们全体炎黄子孙如何对待这个问题，实际上是每个人都回避不掉的。我们必须认真继承这个世界上比较突出的优秀传统，要读书，读好书。只有这样，我们才能上无愧于先民，下造福于子孙万代。

1991 年 7 月 5 日

对我影响最大的几本书

我是一个最枯燥乏味的人，枯燥到什么嗜好都没有。我自比是一棵只有枝干并无绿叶更无花朵的树。

如果读书也能算是一个嗜好的话，我的唯一嗜好就是读书。

我读的书可谓多而杂，经、史、子、集都涉猎过一点，但极肤浅，小学中学阶段，最爱读的是"闲书"（没有用的书），比如《彭公案》《施公案》《洪公传》《三侠五义》《小五义》《东周列国志》《说岳》《说唐》，等等，读得如醉似痴。《红楼梦》等古典小说是以后才读的。读这样的书是好是坏呢？从我叔父眼中来看，是坏。但是，我却认为是好，至少在写作方面是有帮助的。

至于哪几部书对我影响最大，几十年来我一贯认为是两位大师的著作：在德国是亨利希·吕德斯（Heinrich Lüders），我老师的老师；在中国是陈寅恪先生。两个人都是考据大师，方法缜密到神奇的程度。从中也可以看出我个人兴趣之所在。我禀性板滞，不喜欢玄之又玄的哲学。我喜欢能摸得着看得见的东西，而考据正合吾意。

吕德斯是世界公认的梵学大师。研究范围颇广，对印度的古代碑铭有独到深入的研究。印度每有新碑铭发现而又无法读通时，大家就说："到德国去找吕德斯去！"可见吕德斯权威之高。印度两大史诗之一的《摩诃婆罗多》从核心部分起，滚雪球似的一直滚到后来成形的大书，其间共经历了七八百年。谁都知道其中有不少层次，但没有一个人说得清楚。弄清层次问题的又是吕德斯。在佛教研究方面，他主张有一个"原始佛典"（Mrkanm），是用古代半摩揭陀语写成的，我个人认为这是千真万确的事；欧美一些学者不同意，却又拿不出半点可信的证据。吕德斯著作极多。中短篇论文集为一书《古代印度语文论丛》，这是我一生受影响最大的著作之一。这书对别人来说，可能是极为枯燥的，但是，对我来说却是一本极为有味、极有灵感的书，读之如饮醍醐。

在中国，影响我最大的书是陈寅恪先生的著作，特别是《寒柳堂集》《金明馆丛稿》。寅恪先生的考据方法同吕德斯先生基本上是一致的，不说空话，无证不信。二人有异曲同工之妙。我常想，寅恪先生从一个不大的切入口切入，如剥春笋，每剥一层，都是信而有证，让你非跟着他走不行，剥到最后，露出核心，也就是得到结论，让你恍然大悟：原来如此，你没有法子不信服。寅恪先生考证不避琐细，但绝不是为考证而考证，小中见大，其中往往含着极大的问题。比如，他考证杨玉环是否以处女入宫。这个问题确极猥琐，不登大雅之堂。无怪一个学者说：这太 Trivial（微不足道）了。焉知寅恪先生是想研究李唐皇族的家风。在这个问题上，汉族与少数民族看法是不一样的。寅恪先生是从看似细微的问题入手探讨民族问题和文化问题，由小及大，使自己的立论坚实可靠。看来这位说那样话的学者是根本不懂历史的。

在一次闲谈时，寅恪先生问我：《梁高僧传》卷二《佛图澄传》中载有铃铛的声音"秀支替戾冈，仆谷劬秃当"是哪一种语言？原文说是羯语，不知何所指？我到今天也回答不出来。由此可见寅恪先生读书之细心，注意之广泛。他学风谨严，在他的著作中到处可以给人以启发。读他的文章，简直是一种最高的享受。读到兴会淋漓时，真想"浮一大白"。

中德这两位大师有师徒关系，寅恪先生曾受学于吕德斯先生。这两位大师又同受战争之害，吕德斯生平致力于Molānavarga之研究，几十年来批注不断。二战时手稿被毁。寅恪师生平致力于读《世说新语》，几十年来眉注累累。日寇入侵，逃往云南，此书丢失于越南。假如这两部书能流传下来，对梵学国学将是无比重要之贡献。然而先后毁失，为之奈何！

1999 年 7 月 30 日

"天下第一好事,还是读书"

古今中外赞美读书的名人和文章,多得不可胜数。张元济先生有一句简单朴素的话:"天下第一好事,还是读书。""天下"而又"第一",可见他对读书重要性的认识。

为什么读书是一件"好事"呢?

也许有人认为,这问题提得幼稚而又突兀。这就等于问:"为什么人要吃饭"一样,因为没有人反对吃饭,也没有人说读书不是一件好事。

但是,我却认为,凡事都必须问一个"为什么",事出都有因,不应当马马虎虎,等闲视之。现在就谈一谈我个人的认识,谈一谈读书为什么是一件好事。

凡是事情古老的,我们常常总说"自从盘古开天地"。我现在还要从盘古开天地以前谈起,从人类脱离了兽界进入人界开始谈。人成了人以后,就开始积累人的智慧,这种智慧如滚雪球,越滚越大,也就是越积越多。禽兽似乎没有发现有这种本领,一只蠢猪一万年以前是这样蠢,到了今天仍然是这样蠢,没有增加什么智慧。人则不然,不但能随时增加智慧,而且根据我的观察,增加的速度越来越快,有如物体从高空下坠一般。到了今天，达到了知识爆炸的水平。最近一段时间以来，"克隆"使全世界的人都大吃一惊。有的人竟忧心忡忡，不知这种技术发展"伊于胡底"。信耶稣教的人担心将来一旦"克隆"出来了人，他们的上帝将向何处躲藏。

人类千百年以来保存智慧的手段不出两端，一是实物，比如长城，等等，二是书籍，以后者为主。在发明文字以前，保存智慧靠记忆；文字发明了以后，则使用书籍。把脑海里记忆的东西搬出来，搬到纸上，就形成了书籍，书籍是贮存人类代代相传的智慧的宝库。后一代的人必须读书，才能继承和发扬前人的智慧。人类之所以能够进步，永远不停地向前迈进，靠的就是能读书又能写书的本领。我常常想，人类向前发展，有如接力赛跑，第一代人跑第一棒；第二代人接过棒来，跑第二棒，以至第三棒、第四棒，永远跑下去，永无穷尽，这样智慧的传承也永无穷尽。这样的传承靠的主要就是书，书是事关人类智慧传承的大事，这样一来，读书不是"天下第一好事"又是什么呢？

但是，话又说了回来，中国历代都有"读书无用论"的说法，读书的知识分子，古代通称之为"秀才"，常常成为取笑的对象，比如说什么"秀才造反，三年不成"，是取笑秀才的无能。这话不无道理。在古代——请注意，我说的是"在古代"，今天已经完全不同了——造反而成功者几乎都是不识字的痞子流氓，中国历史上两个马上皇帝，开国"英主"，刘邦和朱元璋，都属此类。诗人只有慨叹"刘项原来不读书"。

"秀才"最多也只有成为这一批地痞流氓的"帮忙"或者"帮闲",帮不上的,就只好慨叹"儒冠多误身"了。

但是,话还要再说回来,中国悠久的优秀的传统文化的传承者,是这一批地痞流氓,还是"秀才"?答案皎如天日。这一批"读书无用论"的现身"说法"者的"高祖""太祖"之类,除了镇压人民剥削人民之外,只给后代留下了什么陵之类,供今天搞旅游的人赚钱而已。他们对我们国家竟无贡献可言。

总而言之,"天下第一好事,还是读书"。

1997年4月8日

文以载道

中国古代学者能文者多，换句话说，学者同时又兼散文家者多，而今则颇少。这是一个极为明显的事实，由不得你不承认。可是，如果想追问其原因，则恐怕是言人人殊了。

过去中国有"诗言志"和"文以载道"的说法。抛开众多注释家的注释不谈，一般人对这两个说法的理解是，所谓"志"是自己内心的活动，多半与感情有关，"言志"就是抒发自己的感情，抒发形式则既可以用诗歌，也可以用散文，主要是叙事抒情的散文。所谓"唐宋八大家"者，皆可以归入此类。而"载道"则颇与此有别。"道"者，多为别人之"道"。古人所谓"代圣人立言"者，立的是圣人之道。自己即使有"道"，如与圣道有违，也是不能立、不敢立的。

这样就产生了矛盾。人总是有感情的，而感情又往往是要抒发的。即使是以传承道统自命的人，他们写文章首先当然是载道，但也不免要抒发感情。我只举几个例子，就足以说明问题了。唐代韩愈以继承孔子道统自命；但是，不但他写的诗是抒发感情的，连散文亦然。他那一篇有名的《原道》，顾名思义，就能知道，他"原"的是"道"。但是，谁能说其中感情成分不洋溢充沛呢？又如宋代的朱熹，公认是专以载道为己任的大儒。但是，他写的许多诗歌，淳朴简明，蕴含深厚，公认是优美的文学作品，千载传诵。连孔门都注重辞令修饰，讲甚么言之无文，行之不达。可见文与道有时候是极难区分的。

清代桐城派的文人，把学问分为三类：义理、辞章、考据。他们的用意是一人而三任焉，这是他们的最高标准或理想。然而事实怎样呢？对桐城派的文章，也就是所谓"辞章"，学者毁誉参半。我在这里姑不细论。专谈他们的义理和考据，真能卓然成家者直如凤毛麟角。较之唐宋时代的韩愈、朱熹等等，虽不能说有天渊之别，其距离盖亦悬殊矣。

到了今天，学科门类愈益繁多，新知识濒于爆炸，文人学士不像从前的人那样有余裕来钻研中国古代典籍。他们很多人也忙于载道。载的当然不会像古代那样是孔孟之道，而只能是近代外国圣人和当今中国圣人之道，如临深履薄，唯恐跨越雷池一步，致遭重谴。可以想象，这样的文章是不会有文采的，也不敢有文采。其他不以载道为专业的学者，写文章也往往不注意修辞，没有多少文采。有个别自命为作家的人，不甚读书，又偏爱在辞藻上下"苦"功夫，结果是，写出来的文章流光溢彩，但不知所云，如八宝楼台，拆散开来，不成片段。有的词句，由于生制硬造，佶屈聱牙，介于通与不通之间。

中国当前文坛和学坛的情况,大体上就是这样。我的看法，不敢说毫无偏颇之处，唯愿读者谅之。

郭伟川先生，出自名家大师门下，学有素养，又是一个有心人。他在最近给我的信中说："今年计划中，想出版《著名学者散文精选》一书。所以专取学者文，盖从事学术研究的人，真正能文者如凤毛麟角，所谓罕而见珍也。而文得学养，则益见深度，可臻文质并茂之境。此则一般文章家未必能至者，亦足成学者文之特色也。"这一段话虽不长，但对写文章与学术研究之关系，说得极为透彻而又深刻，十分敬佩。伟川先生镶拙文滥竽其中，既感且愧。他索序于我，敢不应命，因略述鄙见如上。

谈文学交流

近若干年以来,我逐渐形成了一个颇为自信的观点:文化交流是推动人类社会前进的重要动力之一。我们简直无法想象,如果没有历史上的文化交流,我们今天的社会会是一个什么样子。

文化交流的范围极为广博,天文地理,医卜星象,科学技术,哲学思想,伦理道德,宗教信仰,以及人类社会的方方面面,旮旮旯旯,下至草木虫鱼,花果菜蔬,无一不在交流范围以内。但是,据我个人的观察和思考,在众多的交流对象中,文学交流历时最久,领域最广,影响最大,追踪最易。文学交流中包含民间文学,比如寓言、童话、小故事等,都是民间老百姓创造出来的。民间文学,同其他文化交流对象一样,最少保守性,最少保密性,一旦被创造出来,便立即向外传播,不分天南和海北,不分民族和国家,无远弗届。这样的例子比比皆是,举不胜举,我只举一个以概其余。19世纪德国比较文学史大家T. 本费埃(Benley)追踪印度著名的寓言童话集《五卷书》,写成了一部巨著,描述了《五卷书》在大半个世界流传演变的情况,其国家之众多,语言之繁杂,头绪之交叉,线索之迷离,真令人惊诧不已,谁也不会想到一部简单的寓言童话集竟会有这样大的生命力,竟会有这样的迷人感人的力量。像《五卷书》这样的事例,研究中外文学交流的,特别是中外民间文学交流的专家们都知道得很多很多。在中外文学交流中,民间文学的交流实居首位。《五卷书》确实没有以整本书的形式传入中国,但是其中的一些寓言、童话和小故事,确亦传入中国,在中国民间故事以及文人的创作中,在极其悠久的历史上,蛛丝马迹,确能寻出。

回溯一下两千多年的中外文学交流的历史,我们能够发现,在先秦时期已有外国文学传入的痕迹,主要是印度文学。例如,"狐假虎威"的故事见于《战国策》。还有一些其他的故事,看上去都不像是中国土产。这一点西方的汉学家早就指出过。可能受外国影响的最突出的例子是《楚辞》,《离骚》已有一些域外的色彩和词句,《天问》中特别突出,其中一些类似荒诞的神话,与以《诗经》为代表的黄河流域的文学创作,迥异其趣。有人怀疑是来自域外,特别是印度,这种怀疑是极有根据的。估计这些神话传说不是通过当时还没有开辟的丝绸之路传进来的,而是通过那一条滇缅道路,这一条道艰险难行,却确实是存在的。

到了汉代,由于丝绸之路的凿通,中外文化交流达到了第一个高峰。中国对于输出文化,其中包括科学技术的发明创造,从来是不吝惜的。我们大度地把我们的四大发明送了出去,这些发明对促进人类文化的发展以及人类社会的进步,都起了决定性的作用。同时,我们对吸取外来文化也决不保守,只要对我们有用的东西,不管来自何方何国,我们都勇敢地拿过来为我所用。肇自汉代的丝绸之路就是一个彰明昭著的证据。但是,在文学交流方面,却找不出很多的东西。我个人认为,不是没有,而是我们的探讨研究工作还没有到家。印度佛教于汉代传入中国,是文化交流史上的一件大事。后汉三国时代的译经,可以算是文学交流的一种形式。

南北朝时期,五胡乱华,中原板荡,众多的民族逐鹿于北疆,宋、齐、梁、陈偏安于南国;然而文化交流却并没有停止。在文学交流方面,主要是输入,输入又主要来自印度。在印度的,多半是随着佛教进来的影响,中国汉语文学创作增添了很多新内容,名目庞杂的鬼神志怪之书大量出现。此事鲁迅在《中国小说史略》中论之颇详。连伪书《列子》中都有印度的故事,至于对诗歌创作至关重要的四声,本是中国汉语中所固有的东西,可是,我们以前对它并没有明确的认识。也由于印度古典文献的启迪,终于被发现了,被我们清晰地意识到了,这在中外文学交流史上也不能算是一件无关重要的小事。

唐代又是中国历史上一个非常辉煌的朝代,兵力遍及西域,从而保证了丝路的畅通。首都长安几乎成为世界经济和文化的中心,从向达的《唐代长安与西域文明》中可以看出当时中外文化交流之兴旺频繁。在文学交流方面,也同样可以看出非常活跃的情况。唐代传奇颇受印度文学的影响。王度的《古镜记》从内容到结构形式,都能够找到印度文学的痕迹。至于那些龙女的故事，当然都与印度文学有关，因为龙女本身就是一种舶来品。对此，霍世休作过比较深入的探讨。也有人主张，连韩愈的《南山》，在结构方面，都受到了一些印度的影响。在其他方面，外来的成分也可以找到一些，这里就不再一一列举了。

唐代以后，经过宋、元、明，中外文学交流一直没有断过，不过不像六朝和唐代那样显著而已。明末清初，是中外交流的一个空前转折时期。过去的交流，东部以日本为主，西部以印度、波斯为主。到了此时，欧风东渐，中国的文化交流主要以欧洲为对象了。天主教取代了佛教的地位，澳门成了主要的交流通道。交流对象以天文历算、科学技术为主，其间也杂有文学艺术。有人考证，古希腊的《伊索寓言》已于此时传入中国。绘画方面，有郎世宁的作品，技巧是西方的，有时也流露出一点华夏画风。到了19世纪，中西双方相互摸索的时间已经够长了，双方的相互了解已经大为增强了。中国方面少数有识之士，比如林则徐、魏源，等等，冲破了闭关锁国的桎梏，张开眼睛看世界，喜见西方世界之昌盛，深感夜郎自大之可笑，遂锐意介绍，积多半之努力而纂成的魏源的《海国图志》可作为一个代表。此书在日本产生了良好的影响。据说，此书对1868年的明治维新也不无贡献。在中国方面，19世纪末的"洋务运动"表现出中国一部分开明人士向西方寻求救世良药的努力。这个运动最初效果并不十分显著，但它是顺应时代潮流的，是无法抗御的，它自然会持续发展下去，一直到了20世纪。

20世纪是公元第二个千纪的最后一个世纪。在这一百年里，人类社会的进步速度超过了过去的几千年，好像物理学上物体下坠的定理一样，速度越来越快。就拿20世纪之初和世纪末相比，其速度也是极为悬殊的。现在的地球已经小成了一个"地球村"，虽相距千里万里也能朝发夕至。因此，文化交流，其中当然包括文学交流，越来越方便，越来越频繁，效果也越来越显著。在李岫教授等写作的这一部《20世纪中外文学交流史》中，对文学交流的方方面面都做了细致深刻的叙述和分析，这实在是一件功德无量的事，值得我们大大地予以赞扬的。

　　文学交流的意义何在呢？我个人认为，物质方面的文化交流能提高世界人民的生活水平。而文学交流则属于精神方面的文化交流，它能提高世界人民的精神境界，能促进世界文学创作的繁荣，更重要的是能促进世界上不同民族的相互了解，增强他们之间的友谊和感情，而最后这一点是极其重要的。世界人民，不管肤色多么不同，语言风习多么歧异，但是，他们却有一个共同的愿望：他们要和平，不要战争；他们要安定，不要祸乱；他们要正义，不要邪恶。20世纪在这方面做出了很坏的榜样，一百年内，狼烟四起，战乱不断，两次世界大战震古烁今。有的大国，手握原子弹和指挥棒，以世界警察自命。这些邪恶现象引起了全世界的公愤。转瞬21世纪即将来临，这邪恶现象必将会继续下去。遏止之方不是没有，但是最重要的还要依靠人民的力量。文学交流是沟通人们的心灵和加强团结斗争的重要渠道。

漫谈散文

对于散文，我有偏爱，又有偏见。为什么有偏爱呢？我觉得在各种文学体裁中，散文最能得心应手，灵活圆通。而偏见又何来呢？我对散文的看法和写法不同于绝大多数的人而已。

我没有读过《文学概论》一类的书籍，我不知道，专家们怎样界定散文的内涵和外延。我个人觉得，"散文"这个词儿是颇为模糊的。最广义的散文，指与诗歌对立的一种不用韵又没有节奏的文体。再窄狭一点，就是指与骈文相对的，不用四六体的文体。更窄狭一点，就是指与随笔、小品文、杂文等名称混用的一种出现比较晚的文体。英文称这为"Essay, familiar essay"，法文叫"Essai"，德文是"Essay"，显然是一个字。但是这些洋字也消除不了我的困惑。查一查字典，译法有多种。法国蒙田的 Essai，中国译为"随笔"，英国的 Familiar essay，译为"散文"或"随笔"，或"小品文"。中国明末的公安派或竟陵派的散文，过去则多称之为"小品"。我堕入了五里雾中。

子曰："必也正名乎！"这个名，我正不了，我只好"王顾左右而言他"。中国是世界上散文第一大国，这决不是"王婆卖瓜"，是必须承认的事实。在西欧和亚洲国家中，情况也有分歧。英国散文名家辈出，灿若列星。德国则相形见绌，散文家寥若晨星。印度古代，说理的散文是有的，抒情的则如凤毛麟角。世上万事万物有果必有因，这种情况的原因何在呢？我一时还说不清楚，只能说，这与民族性颇有关联。再进一步，我就穷辞了。

这且不去管它，我只谈我们这个散文大国的情况，而且重点放在眼前的情况上。五四运动是中国近代史上的一件大事，在文学范围内，改文言为白话，也是中国文学史上的一件大事。七十多年以来，中国文学创作取得了长足的进步。但是，据我个人的看法，各种体裁间的发展是极不平衡的。小说，包括长篇、中篇和短篇，以及戏剧，在形式上完全西化了。这是福？是祸？我还没见到有专家讨论过。我个人的看法是，现在的长篇小说的形式，很难说较之中国古典长篇小说有什么优越之处。戏剧亦然，不必具论。至于新诗，我则认为是一个失败。至今人们对诗也没能找到一个形式。既然叫诗，则必有诗的形式，否则可另立专名，何必叫诗？在专家们眼中，我这种对诗的见解只能算是幼儿园的水平，太平淡低下了。然而我却认为，真理往往就存在于平淡低下中。你们那些恍兮惚兮高深玄妙的理论"只堪自怡悦"，对于我却是"只等秋风过耳边"了。

这些先不去讲它，只谈散文。简短截说，我认为五四运动以来中国文坛上最成功的是白话散文，个中原因并不难揣摩。中国有悠久雄厚的散文写作传统，所谓经、史、子、集四库中都有极为优秀的散文，为世界上任何国家所无法攀比。散文又没有固定的形式。于是作者如林，佳作如云，有如八仙过海，各显神通。旧日士子能背诵几十篇上百篇散文者，并非罕事，实如家常便饭。"五四"以后，只需将文言改为白话，或抒情，或叙事，稍有文采，便成佳作。窃以为，散文之所以能独步文坛，良有以也。

但是，白话散文的创作有没有问题呢？有的，或者甚至可以说，还不少。常读到一些散文家的论调，说什么："散文的诀窍就在一个'散'字。""散"字，松松散散之谓也。又有人说："随笔的关键就在一个'随'字。""随者，随随便便之谓也。"他们的意思非常清楚：写散文随笔，可以随便写来，愿意怎样写，就怎样写。愿意下笔就下笔，愿意收住就收住。不用构思，不用推敲。有些作者自己有时也感到单调与贫乏，想弄点新鲜花样；但由于腹笥贫瘠，读书不多，于是就生造词汇，生造句法，企图以标新立异来济自己的贫乏。结果往往是，虽然自我感觉良好，可是读者偏不买你的账，奈之何哉！读这样的散文，就好像吃掺上沙子的米饭，吐又吐不出，咽又咽不下，进退两难，啼笑皆非。你千万不要以为这样的文章没有市场。正相反，很多这样的文章堂而皇之地刊登在全国性的报刊上。我回天无力，只有徒唤奈何了。

要想追究产生这种现象的原因，也并不困难。世界上就有那么一些人，总想走捷径，总想少劳多获，甚至不劳而获。

中国古代的散文，他们读得不多，甚至可能并不读；外国的优秀散文，同他们更是风马牛不相及。而自己又偏想出点风头，露一两手。于是就出现了上面提到的那样非驴非马的文章。

我在上面提到我对散文有偏见，又几次说到"优秀的散文"，我的用意何在呢？偏见就在"优秀"二字上。原来我心目中的优秀散文，不是最广义的散文，也不是"再窄狭一点"的散文，而是"更窄狭一点"的那一种。即使在这个更窄狭的范围内，我还有更更窄狭的偏见。我认为，散文的精髓在于"真情"二字，这二字也可以分开来讲：真，就是真实，不能像小说那样生编硬造；情，就是要有抒情的成分。即使是叙事文，也必有点抒情的意味，平铺直叙者为我所不取。《史记》中许多《列传》，本来都是叙事的；但是，在字里行间，洋溢着一片悲愤之情，我称之为散文中的上品。贾谊的《过秦论》，苏东坡的《范增论》《留侯论》，等等，虽似无情可抒，然而却文采斐然，情即蕴涵其中，我也认为是散文上品。

这样的散文精品，我已经读了七十多年了，其中有很多篇我能够从头到尾地背诵。每一背诵，甚至仅背诵其中的片段，都能给我以绝大的美感享受。如饮佳茗，香留舌本；如对良友，意寄胸中。如果真有"三月不知肉味"的话，我即是也。从高中直到大学，我读了不少英国的散文佳品，文字不同，心态各异。但是，仔细玩味，中英又确有相通之处：写重大事件而不觉其重，状身边琐事而不觉其轻；娓娓动听，逸趣横生；读罢掩卷，韵味无穷。有很多很多值得我们学习借鉴之处。

至于六七十年来中国并世的散文作家，我也读了不少他们的作品。虽然笼统称之为"百花齐放",其实有成就者何止百家。他们各有自己的特色,各有自己的风格,合在一起看,直如一个姹紫嫣红的大花园,给"五四"以后的中国文坛增添了无量光彩。留给我印象最深刻最鲜明的有鲁迅的沉郁雄浑,冰心的灵秀玲珑,朱自清的淳朴淡泊,沈从文的轻灵美妙,杨朔的镂金错彩,丰子恺的厚重平实,如此等等,不一而足。至于其余诸家,各有千秋,我不敢赞一词矣。

综观古今中外各名家的散文或随笔,既不见"散",也不见"随"。它们多半是结构谨严之作,决不是愿意怎样写就怎样写的轻率产品。蒙田的《随笔》,确给人以率意而行的印象。我个人认为,在思想内容方面,蒙田是极其深刻的;但在艺术性方面,他却是不足法的。与其说蒙田是一个散文家,不如说他是一个哲学家或思想家。

根据我个人多年的玩味和体会,我发现,中国古代优秀的散文家,没有哪一个是"散"的,是"随"的。正相反,他们大都是在"意匠惨淡经营中",简练揣摩,煞费苦心,在文章的结构和语言的选用上,狠下功夫。文章写成后,读起来虽然如行云流水,自然天成,实际上其背后蕴藏着作者的一片匠心。空口无凭,有文为证。欧阳修的《醉翁亭记》是流传千古的名篇,脍炙人口,无人不晓。通篇用"也"字句,其苦心经营之迹,昭然可见。像这样的名篇还可以举出一些来,我现在不再列举,请读者自己去举一反三吧。

在文章的结构方面,最重要的是开头和结尾。在这一点上,诗文皆然,细心的读者不难自己去体会。而且我相信,他们都已经有了足够的体会了。要举例子,那真是不胜枚举。

我只举几个大家熟知的。欧阳修的《相州昼锦堂记》开头几句话是："仕宦而至将相，富贵而归故乡，此人情之所荣，而今昔之所同也。"据一本古代笔记上的记载，原稿并没有。欧阳修经过了长时间的推敲考虑，把原稿派人送走。但他突然心血来潮，觉得还不够妥善，立即又派人快马加鞭，把原稿追了回来，加上了这几句话，然后再送走，心里才得到了安宁。由此可见，欧阳修是多么重视文章的开头。从这一件小事中，后之读者可以悟出很多写文章之法。这就决非一件小事了。这几句话的诀窍何在呢？我个人觉得，这样的开头有雷霆万钧的势头，有笼罩全篇的力量，读者一开始读就感受到它的威力，有如高屋建瓴，再读下去，就一泻千里了。文章开头之重要，焉能小视哉！这只不过是一个例子，不能篇篇如此。综观古人文章的开头，还能找出很多不同的类型。有的提纲挈领，如韩愈《原道》之"博爱之谓仁，行而宜之之谓义，由是而之焉之谓道，足乎己无待于外之谓德"。有的平缓，如柳宗元的《小石城山记》之"自西山道口径北，逾黄茅岭而下，有二道"。有的陡峭，如杜牧《阿房宫赋》之"六王毕，四海一，蜀山兀，阿房出"。类型还多得很，不可能，也没有必要一一列举。读者如能仔细观察，仔细玩味，必有所得，这是完全可以肯定的。

　　谈到结尾，姑以诗为例，因为在诗歌中，结尾的重要性更明晰可辨。杜甫的《望岳》最后两句是："会当凌绝顶，一览众山小。"钱起的《赋得湘灵鼓瑟》的最终两句是："曲终人不见，江上数峰青。"杜甫的《赠卫八处士》的最后两句是:"明日隔山岳,世事两茫茫。"杜甫的《缚鸡行》的最后两句是:"鸡虫得失无了时,注目寒江倚山阁。"这样的例子更是举不完的。诗文相通,散文的例子,读者可以自己去体会。之所以出现这种情况,原因并不难理解。在中国古代,抒情的文或诗,都贵在含蓄,贵在言有尽而意无穷,如食橄榄,贵在留有余味,在文章结尾处,把读者的心带向悠远,带向缥缈,带向一个无法言传的意境。我不敢说,每一篇文章,每一首诗,都是这样。但是,文章之作,其道多端;运用之妙,在乎一心。我上面讲的情况,是广大作者所刻意追求的,我对这一点是深信不疑的。

"你不是在宣扬八股吗?"我仿佛听到有人这样责难了。我敬谨答曰:"是的,亲爱的先生!我正是在讲八股,而且是有意这样做的。"同世上的万事万物一样,八股也要一分为二的。从内容上来看,它是"代圣人立言",陈腐枯燥,在所难免。这是毫不足法的。但是,从布局结构上来看,却颇有可取之处。它讲究逻辑,要求均衡,避免重复,禁绝拖拉。这是它的优点。有人讲,清代桐城派的文章,曾经风靡一时,在结构布局方面,曾受到八股文的影响。这个意见极有见地。如果今天中国文坛上的某一些散文作家——其实并不限于散文作家——学一点八股文,会对他们有好处的。

我在上面啰啰唆唆写了那么一大篇,其用意其实是颇为简单的。我只不过是根据自己六十来年的经验与体会,告诫大家:写散文虽然不能说是"难于上青天",但也决非轻而易行,应当经过一番磨炼,下过一番苦功,才能有所成,决不可掉以轻心，率尔操觚。

综观中国古代和现代的优秀散文，以及外国的优秀散文，篇篇风格不同。散文读者的爱好也会人人不同，我决不敢要求人人都一样，那是根本不可能的。仅就我个人而论，我理想的散文是淳朴而不乏味，流利而不油滑，庄重而不板滞，典雅而不雕琢。我还认为，散文最忌平板。现在有一些作家的文章，写得规规矩矩，没有任何语法错误，选入中小学语文课本中是毫无问题的。但是读起来总觉得平淡无味，是好的教材资料，却决非好的文学作品。我个人觉得，文学最忌单调平板，必须有波涛起伏，曲折幽隐，才能有味。有时可以采用点文言辞藻，外国句法；也可以适当地加入一些俚语俗话，增添那么一点苦涩之味，以避免平淡无味。我甚至于想用谱乐谱的手法来写散文，围绕着一个主旋律，添上一些次要的旋律；主旋律可以多次出现，形式稍加改变，目的只想在复杂中见统一，在跌宕中见均衡，从而调动起读者的趣味，得到更深更高的美感享受。有这样有节奏有韵律的文字，再充之以真情实感，必能感人至深，这是我坚定的信念。

我知道，我这种意见决不是每个作家都同意的。风格如人，各人有各人的风格，决不能强求统一。因此，我才说：这是我的偏见。说"偏见"，是代他人立言。代他人立言，比代圣人立言还要困难。我自己则认为这是正见，否则我决不会这样刺刺不休地来论证。我相信，大千世界，文章林林总总，争鸣何止百家！如蒙海涵，容我这个偏见也占一席之地，则我必将感激涕零之至矣。

没有新意，不要写文章

在芸芸众生中，有一种人，就是像我这样的教书匠，或者美其名，称之为"学者"。我们这种人难免不时要舞笔弄墨，写点文章的。根据我的分析，文章约而言之可以分为两大类：一是被动写的文章，一是主动写的文章。

所谓"被动写的文章"，在中国历史上流行了一千多年的应试的"八股文"和"试帖诗"，就是最典型的例子。这种文章多半是"代圣人立言"的，或者是"颂圣"的，不许说自己真正想说的话。换句话说，就是必须会说废话。记得鲁迅在什么文章中举了一个废话的例子："夫天地者乃宇宙之乾坤，吾心者实中怀之在抱。千百年来，已非一日矣。"（后面好像还有，我记不清楚了）这是典型的废话，念起来却声调铿锵。"试帖诗"中也不乏好作品，唐代钱起咏湘灵鼓琴的诗，就曾被朱光潜先生赞美过，而朱先生的赞美又被鲁迅先生讽刺过。到了今天，我们被动写文章的例子并不少见。我们写的废话，说的谎话，吹的大话，也是到处可见的。我觉得，有好多文章是大可以不必写的，有好些书是大可以不必印的。如果少印刷这样的文章，出版这样的书，则必然能够少砍伐些森林,少制造一些纸张;对保护环境,保持生态平衡,会有很大的好处的;对人类生存的前途也会减少危害的。

至于主动写的文章,也不能一概而论。仔细分析起来,也是五花八门的,有的人为了提职,需要提交"著作",于是就赶紧炮制;有的人为了成名成家,也必须有文章,也努力炮制。对于这样的人,无须深责,这是人之常情。炮制的著作不一定都是"次品",其中也不乏优秀的东西,像吾辈"爬格子族"的人们,非主动写文章以赚点稿费不行,只靠我们的工资,必将断炊。我辈被"尊"为教授的人,也不例外。

在中国学术界里,主动写文章的学者中,有不少的人学术道德是高尚的。他们专心一致,唯学是务,勤奋思考,多方探求,写出来的文章尽管有点参差不齐;但是他们都是值得钦佩、值得赞美的,他们是我们中国学术界的脊梁。

真正的学术著作,约略言之,可以分为两大类:单篇的论文与成本的专著。后者的重要性不言自明。古今中外的许多大部头的专著,像中国汉代司马迁的《史记》、宋代司马光的《资治通鉴》,等等,都是名垂千古、辉煌璀璨的巨著,是我们国家的瑰宝。这里不再详论。我要比较详细地谈一谈单篇论文的问题。单篇论文的核心是讲自己的看法、自己异于前人的新意,要发前人未发之覆。有这样的文章,学术才能一步步、一代代向前发展。如果写一部专著,其中可能有自己的新意,也可能没有。因为大多数的专著是综合的、全面的叙述。即使不是自己的新意,也必须写进去,否则就不算全面。论文则没有这种负担，它的目的不是全面，而是深入，而是有新意，它与专著的关系可以说是相辅相成的。

我在上面几次讲到"新意"，"新意"是从哪里来的呢？有的可能是从天上掉下来的，是出于"灵感"的，比如传说中牛顿因见苹果落地而悟出地心吸力。但我们必须注意，这种灵感不是任何人都能有的。牛顿一定是很早就考虑这类的问题，昼思夜想，一旦遇到相应的时机，便豁然顿悟。吾辈平凡的人，天天吃苹果，只觉得它香脆甜美，管他什么捞什子"地心吸力"干吗！在科学技术史上，类似的例子还可以举出不少来，现在先不去谈它了。

在以前极左思想肆虐的时候，学术界曾大批"从杂志缝里找文章"的做法，因为这样就不能"代圣人立言"；必须心中先有一件先入为主的教条的东西要宣传，这样的文章才合乎程式。有"学术新意"是触犯"天条"的。这样的文章一时间滔滔者天下皆是也。但是，这样的文章印了出来，再当作垃圾卖给收破烂的（我觉得这也是一种"白色垃圾"），除了浪费纸张以外，丝毫无补于学术的进步。我现在立一新义：在大多数情况下，只有到杂志缝里才能找到新意。在大部头的专著中，在字里行间，也能找到新意的，旧日所谓"读书得间"，指的就是这种情况。因为，一般说来，杂志上发表的文章往往只谈一个问题；一个新问题，里面是有新意的。你读过以后，受到启发，举一反三，自己也产生了新意，然后写成文章，让别的学人也受到启发，再举一反三。如此往复循环，学术的进步就寓于其中了。

可惜——是我觉得可惜——眼前在国内学术界中，读杂志的风气，颇为不振，不但外国的杂志不读，连中国的杂志也不看。闭门造车，焉得出而合辙？别人的文章不读，别人的观点不知，别人已经发表过的意见不闻不问，只是一味地写来写去。这样怎么能推动学术前进呢？更可怕的是，这个问题几乎没有人提出。有人空喊"同国际学术接轨"。不读外国同行的新杂志和新著作，你能知道"轨"究竟在哪里吗？连"轨"在哪里都不知道，空喊"接轨"，不是天大的笑话吗？

才、学、识

我认为,要想从事科学研究工作,应该在四个方面下功夫:一、理论;二、知识面;三、外语;四、汉文。唐代刘知几主张,治史学要有才、学、识。我现在勉强套用一下,理论属识,知识面属学,外语和汉文属才,我在下面分别谈一谈。

理论

现在一讲理论,我们往往想到马克思主义。这样想,不能说不正确。但是,必须注意几点。一、马克思主义随时代而发展,绝非僵化不变的教条。二、不要把马克思主义说得太神妙,令人望而生畏,对它可以批评,也可以反驳。我个人认为,马克思主义的精髓就是唯物主义和辩证法。唯物主义就是实事求是。把黄的说成是黄的,是唯物主义。把黄的说成是黑的,是唯心主义。事情就是如此简单明了。哲学家们有权利去作深奥的阐述,我辈外行,大可不必。至于辩证法,也可以作如是观。看问题不要孤立,不要僵死,要注意多方面的联系,在事物运动中把握规律,如此而已。我这种幼儿园水平的理解，也许更接近事实真相。

除了马克思主义以外，古今中外一些所谓唯心主义哲学家的著作，他们的思维方式和推理方式，也要认真学习。我有一个奇怪的想法：百分之百的唯物主义哲学家和百分之百的唯心主义哲学家，都是没有的。这就和真空一样，绝对的真空在地球上是没有的。中国古话说"智者千虑，必有一失"，就是这个意思。因此，所谓唯心主义哲学家也有不少东西值得我们学习的。我们千万不要像过去那样把十分复杂的问题简单化和教条化，把唯心主义的标签一贴，就"奥伏赫变"。

知识面

要求知识面广，大概没有人反对。因为，不管你探究的范围多么窄狭，多么专门，只有在知识广博的基础上，你的眼光才能放远，你的研究才能深入。这样说已经近于常识，不必再做过多的论证了。我想在这里强调一点，这就是，我们从事人文科学和社会科学研究的人，应该学一点科学技术知识，能够精通一门自然科学，那就更好。今天学术发展的总趋势是，学科界线越来越混同起来，边缘学科和交叉学科越来越多。再像过去那样，死守学科阵地，鸡犬之声相闻，老死不相往来，已经完全不合时宜了。此外，对西方当前流行的各种学术流派，不管你认为多么离奇荒诞，也必须加以研究，至少也应该了解其轮廓，不能简单地盲从或拒绝。

外语

　　外语的重要性，尽人皆知。若再详细论证，恐成蛇足。我在这里只想强调一点：从今天的世界情势来看，外语中最重要的是英语，它已经成为名副其实的世界语。这种语言，我们必须熟练掌握，不但要能读，能译，而且要听，能说，能写。今天写学术论文，如只用汉语，则不能出国门一步，不能同世界各国的同行交流。如不能听说英语，则无法参加国际学术会议。情况就是如此地咄咄逼人，我们不能不认真严肃地加以考虑。

汉语

　　我在这里提出汉语来，也许有人认为是非常异议可怪之论。"我还不能说汉语吗？""我还不能写汉文吗？"是的，你能说，也能写。然而仔细一观察，我们就不能不承认，我们今天的汉语水平是非常成问题的。每天出版的报章杂志，只要稍一注意，就能发现别字、病句。我现在越来越感到，真要想写一篇准确、鲜明、生动的文章，绝非轻而易举。要能做到这一步，还必须认真下点功夫。我甚至想到，汉语掌握到一定程度，想再前进一步，比学习外语还难。只有承认这一个事实，我们的汉语水平才能提高，别字、病句才能减少。

　　我在上面讲了四个方面的要求。其实这些话都属于老生常谈，都平淡无奇。然而真理不往往就寓于平淡无奇之中吗？这同鲁迅先生讲的笑话中的"勤捉"一样，看似平淡，实则最切实可行，而且立竿见影。我想到这样平凡的真理，不敢自秘，便写了出来，其意不过如野叟献曝而已。

1988 年

勤奋、天才（才能）与机遇

人类的才能，每个人都有所不同，这是大家都看到的事实，不能不承认的，但是有一种特殊的才能一般人称之为"天才"。有没有"天才"呢？似乎还有点争论，有点看法的不同。"文化大革命"期间，有一度曾大批"天才"，但其时所批"天才"，似乎与我现在讨论的"天才"不是一回事。根据我六七十年来的观察和思考，有"天才"是否定不了的，特别在音乐和绘画方面。你能说贝多芬、莫扎特不是音乐天才吗？即使不谈"天才"，只谈才能，人与人之间也是十分悬殊的。就拿教梵文来说，在同一个班上，一年教下来，学习好的学生能够教学习差的而有余。有的学生就是一辈子也跳不过梵文这个龙门。这情形我在国内外都见到过。

拿做学问来说，天才与勤奋的关系究竟如何呢？有人说："九十九分勤奋，一分神来（属于天才的范畴）。"我认为，这个百分比应该纠正一下。七八十分的勤奋，二三十分的天才（才能），我觉得更符合实际一点。我丝毫也没有贬低勤奋的意思。无论干哪一行的，没有勤奋，一事无成。我只是感到，如果没有才能而只靠勤奋，一个人的发展是有限度的。

现在，我来谈一谈天才、勤奋与机遇的关系问题。我记得六十多年前在清华大学读西洋文学时，读过一首英国诗人Thomas Gray的诗，题目大概是叫《乡村墓地哀歌(Elegy)》。诗的内容，时隔半个多世纪，全都忘了，只有一句还记得："在墓地埋着可能有莎士比亚。"意思是指，有莎士比亚天才的人，老死穷乡僻壤间。换句话说，他没有得到"机遇"，天才白白浪费了。上面讲的可能有张冠李戴的可能；如果有的话，请大家原谅。

总之，我认为，"机遇"（在一般人嘴里可能叫做"命运"）是无法否认的。一个人一辈子做事，读书，不管是干什么，其中都有"机遇"的成分。我自己就是一个活生生的例子。如果"机遇"不垂青，我至今还恐怕是一个识字不多的贫农，也许早已离开了世界。我不是"王半仙"或"张铁嘴"，我不会算卦、相面，我不想来解释这一个"机遇"问题，那是超出我的能力的事。

第三章

在人生的道路上，
每一个人都是孤独的旅客

成功

什么叫成功?顺手拿来一本《现代汉语词典》,上面写道:"成功:获得预期的结果。"言简意赅,明白之至。

但是,谈到"预期",则错综复杂,纷纭混乱。人人每时每刻每日每月都有大小不同的预期,有的成功,有的失败,总之是无法界定,也无法分类,我们不去谈它。

我在这里只谈成功,特别是成功之道。这又是一个极大的题目,我却只是小做。积七八十年之经验,我得到了下面这个公式:

$$天资 + 勤奋 + 机遇 = 成功$$

"天资",我本来想用"天才";但天才是个稀见现象,其中不少是"偏才",所以我弃而不用,改用"天资",大家一看就明白。这个公式实在是过分简单化了,但其中的含义是清楚的。搞得太烦琐,反而不容易说清楚。

谈到天资,首先必须承认,人与人之间天资是不相同的,这是一个事实,谁也否定不掉。"十年浩劫"中,自命天才的人居然号召大批天才，葫芦里卖的是什么药，至今不解。到了今天，学术界和文艺界自命天才的人颇不稀见，我除了羡慕这些人"自我感觉过分良好"外，不敢赞一词。对于自己的天资，我看，还是客观一点好，实事求是一点好。

至于勤奋，一向为古人所赞扬。囊萤、映雪、悬梁、刺股等故事流传了千百年，家喻户晓。韩文公的"焚膏油以继晷，恒兀兀以穷年"，更为读书人所向往。如果不勤奋，则天资再高也毫无用处。事理至明，无待饶舌。

谈到机遇，往往为人所忽视。它其实是存在的，而且有时候影响极大。就以我自己为例，如果清华不派我到德国去留学，则我的一生完全不会像现在这个样子。

把成功的三个条件拿来分析一下，天资是由"天"来决定的，我们无能为力。机遇是不期而来的，我们也无能为力。只有勤奋一项完全是我们自己决定的，我们必须在这一项上狠下功夫。在这里，古人的教导也多得很。还是先举韩文公。他说："业精于勤荒于嬉，行成于思毁于随。"这两句话是大家都熟悉的。

王静安在《人间词话》中说："古今之成大事业大学问者必经过三种之境界。'昨夜西风凋碧树，独上高楼，望尽天涯路'，此第一境也。'衣带渐宽终不悔，为伊消得人憔悴'，此第二境也。'众里寻他千百度，回头蓦见，那人正在，灯火阑珊处'，此第三境也。"静安先生第一境写的是预期。第二境写的是勤奋。第三境写的是成功。其中没有写天资和机遇。我不敢说,这是他的疏漏,因为写的角度不同。但是,我认为,补上天资与机遇,似更为全面。我希望,大家都能拿出"衣带渐宽终不悔"的精神来从事做学问或干事业,这是成功的必由之路。

2000年1月7日

容忍

人处在家庭和社会中，有时候恐怕需要讲点容忍的。

唐朝有一个姓张的大官，家庭和睦，美名远扬，一直传到了皇帝的耳中。皇帝赞美他治家有道，问他道在何处，他一气写了一百个"忍"字。这说得非常清楚：家庭中要互相容忍，才能和睦。这个故事非常有名。在旧社会，新年贴春联，只要门楣上写着"百忍家声"就知道这一家一定姓张。中国姓张的全以祖先的容忍为荣了。

但是容忍也并不容易。1935年，我乘西伯利亚铁路的火车经苏联赴德国，车过中苏边界上的满洲里，停车四小时，由苏联海关检查行李。这是无可厚非的，入国必须检查，这是世界公例。但是，当时的苏联大概认为，我们这一帮人，从一个资本主义国家到另一个资本主义国家，恐怕没有好人，必须严查，以防万一。检查其他行李，我决无意见。但是，在哈尔滨买的一把最粗糙的铁皮壶，却成了被检查的首要对象。这里敲敲，那里敲敲，薄薄的一层铁皮决藏不下一颗炸弹的，然而他却敲打不止。我真有点无法容忍，想要发火。我身旁有一位年老的老外，是与我们同车的，看到我的神态，在我耳旁悄悄地说了句：Patience is the great virtue（容忍是很大的美德）。我对他微笑，表示致谢。我立即心平气和，天下太平。

看来容忍确是一件好事，甚至是一种美德。但是，我认为，也必须有一个界限。我们到了德国以后，就碰到这个问题。旧时欧洲流行决斗之风，谁污辱了谁，特别是谁的女情人，被污辱者一定要提出决斗，或用手枪，或用剑。普希金就是在决斗中被枪打死的。我们到了的时候，此风已息，但仍发生。我们几个中国留学生相约：如果外国人污辱了我们自身，我们要揣度形势，主要要容忍，以东方的恕道克制自己。但是，如果他们污辱我们的国家，则无论如何也要同他们玩儿命，决不容忍。这就是我们容忍的界限。幸亏这样的事情没有发生，否则我就活不到今天，在这里舞笔弄墨了。

现在我们中国人的容忍水平，看了真让人气短。在公共汽车上，挤挤碰碰是常见的现象。如果碰了或者踩了别人，连忙说一声："对不起！"就能够化干戈为玉帛，然而有不少人连"对不起"都不会说了。于是就相吵相骂，甚至于扭打，甚至打得头破血流。我们这个伟大的民族怎么竟变成了这个样子！我在自己心中暗暗祝愿：容忍兮，归来！

1996 年 12 月 17 日

回忆

　　回忆很不好说。究竟什么才算是回忆呢？我们时时刻刻沿着人生的路向前走着，时时刻刻有东西映入我们的眼里。——即如现在吧，我一抬头就可以看到清浅的水在水仙花盆里反射的冷光，漫在水里的石子的晕红和翠绿，茶杯里残茶在软柔的灯光下照出的几点金星。但是，一转眼，眼前的这一切，早跳入我的意想里，成轻烟，成细雾，成淡淡的影子，再看起来，想起来，说起来的话，就算是我的回忆了。

　　只说眼前这一步，只有这一点淡淡的影子，自然是迷离的。但是我自从踏到世界上来，走过不知多少的路。回望过去的茫茫里，有着我的足迹叠成的一条白线，一直引到现在，而且还要引上去。我走过都市的路，看尘烟缭绕在栉比的高屋的顶上。我走过乡村的路，看似水的流云笼罩着远村，看金海似的麦浪。我走过其他许许多多的路，看红的梅，白的雪，潋滟的流水，十里稷稷的松壑，死人的蜡黄的面色，小孩充满了生命力的踊跃。我在一条路上接触到种种的面影，熟悉的，不熟悉的。这一切的一切都在我走着的时候，蓦地成轻烟，成细雾，成淡淡的影子，储在我的回忆里。有的也就被埋在回忆的暗陬里,忘了。当我转向另一条路的时候,随时又有新的东西,另有一群面影凑集在我的眼前。蓦地又成轻烟,成细雾,成淡淡的影子,移入我的回忆里,自然也有的被埋在暗陬里,忘了。新的影子挤入来,又有旧的被挤到不知什么地方去幻灭,有的简直就被挤了出去。以后,当另一群更新的影子挤进来的时候,这新的也就追踪了旧的命运。就这样,挤出,挤进,一直到现在。我的回忆里残留着各样的影子、色彩,分不清先先后后,紊混成一团了。

我就带着这紊混的一团从过去的茫茫里走上来。现在抬头就可以看到水仙花盆里反射的水的冷光,水里石子的晕红和翠绿,残茶在灯下照出的几点金星。自然,前面已经说过,这些都要倏地变成影子,移入回忆里,移入这紊混的一团里,但是在未移入以前,这紊混的一团影子说不定就在我的脑里浮动起来,我就自然陷入回忆里去了——陷入回忆里去,其实是很不费力的事。我面对着当前的事物。不知怎地,迷离里忽然电光似的一掣,立刻有灰蒙蒙的一片展开在我的意想里,仿佛是空空的,没有什么,但随便我想到曾经见过的什么,立刻便有影子浮现出来。跟着来的还不止一个影子,两个,三个,多,更多了。影子在穿梭,在紊混。又仿佛电光似的一掣,我又顺着一条线回忆下去。——比如回忆到故乡里的秋吧。先仿佛看到满场里乱摊着的谷子,黄黄的。再看到左右摆动的老牛的头,飘浮着云烟的田野,屋后银白的一片秋芦。再沉一下心,还仿佛能听到老牛的喘气,柳树顶蝉的曳长了的鸣声。豆荚在日光下毕剥的炸裂声。蓦地,有如阴云漫过了田野,只在我的意想里一晃,在故乡里的这些秋的影子上面,又挤进来别的影子了——红的梅,白的雪,潋滟的流水,十里稷稷的松鏊,死人的蜡黄的面色,小孩充满了生命力的踊跃。同时,老牛的影,芦花的影,田野的影,也站在我的心里的一个角隅里。这许多的影子掩映着,混起来。我再不能顺着刚才的那条线想下去。又有许多别的历乱的影子在我的意念里跳动。如电光火石,眩了我的眼睛。终于我一无所见,一无所忆。仍然展开了灰蒙蒙的一片,空空的,什么也没有。我的回忆也就停止了。

我的回忆停止了,但是绝不能就这样停止下去。我仍然说,我们时时刻刻沿着人生的路向前走着,时时刻刻就有回忆萦绕着我们。——再说到现在吧。灯光平流到我面前的桌上,书页映出了参差的黑影,看到这黑影,我立刻想到在过去不知什么时候看过的远山的淡影。玻璃杯反射着清光,看了这清光,我立刻想到月明下千里的积雪。我正写着字,看了这一颗颗的字,也使我想到阶下的蚁群……倘若再沉一下心,我可以想到过去在某处见过这样的山的淡影。在另一个地方也见过这样的影子,纷纷的一团。于是想了开去,想到同这影子差不多的影子,纷纷的一团。于是又想了开去,仍然是纷纷的一团影子。但是同这山的淡影,同这书页映出的参差的黑影却没有一点关系了。这些影子还没幻灭的时候,又有别的影子隐现在它们后面,朦胧,暗淡,有着各样的色彩。再往里看,又有一层影子隐现在这些影子后面,更朦胧,更暗淡,色彩也更繁复。……一层,一层,看上去,没有完。

越远越暗淡了下去。到最后，只剩了那么一点绰绰的形象。就这样，在我的回忆里，一层一层的，这许许多多的影子、色彩，分不清先先后后，又萦混成一团了。

我仍然带了这萦混的一团影走上去。倘若要问：这些影子都在什么地方呢？我却说不清了。往往是这样，一闭眼，先是暗冥冥的一片，再一看，里面就有影子。但再问：这暗冥冥的一片在什么地方呢？恐怕只有天知道吧。当我注视着一件东西发愣的时候，这些影子往往就叠在我眼前的东西上。在不经意的时候，我常把母亲的面影叠在茶杯上。把忘记在什么时候看到的一条长长的伸到水里去的小路叠在Holderlin的全集上，把一树灿烂的海棠花叠在盛着花的土盆上，把大明湖里的塔影叠在桌上铺着的晶莹的清玻璃上，把晚秋黄昏的一天暮鸦叠在墙角的蜘蛛网上，把夏天里烈日下的火红的花团叠在窗外草地上平铺着的白雪上……然而，只要一经意，这些影子立刻又水纹似的幻化开去。同了这茶杯的，这Holderlin全集的，这土盆的，这清玻璃的，这蜘蛛网的，这白雪的，影子，跳入我们的回忆里，在将来的不知什么时候，又要叠在另一些放在我眼前的东西上了。

将来还没有来，而且也不好说。但是，我们眼前的路不正引向将来去吗？我看过了清浅的水在水仙花盆里反射的冷光，映在水里的石子的晕红和翠绿，残茶在软柔的灯光下照出的那几点金星。也看过了茶杯、Holderlin全集、土盆、清玻璃、蜘蛛网、白雪，第二天我自然看到另一些新的东西。第三天我自然看到另一些更新的东西。第四天、第五天……

看到的东西多起来，这些东西都要倏地成轻烟，成细雾，成淡淡的影子，储在我的回忆里吧。这一团萦混的影子，也要更萦混了。等我不能再走，不能再看的时候，这一团也要随了我走应当走的最后的路。然而这时候，我却将一无所见，一无所忆。这一团影子幻失到什么地方去了呢？随了大明湖里的倒影飘散到茫迷里去了吗？随了远山的淡霭被吸入金色的黄昏里去了吗？说不清，而且也不必说。——反正我有过回忆了。我还希望什么呢？

寂寞

　　寂寞像大毒蛇，盘住了我整个的心，我自己也奇怪：几天前喧腾的笑声现在还萦绕在耳际，我竟然给寂寞克服了吗？

　　但是，克服了，是真的，奇怪又有什么用呢？笑声虽然萦绕在耳际，早已恍如梦中的追忆了，我只有一颗心，空虚寂寞的心被安放在一个长方形的小屋里。我看四壁，四壁冰冷像石板，书架上一行行排列着的书，都像一行行的石块，床上棉被和大衣的折纹也都变成雕刻家手下的作品了。死寂，一切死寂，更死寂的却是我的心，——我到了庞培（Pompaii）了么？不，我自己证明没有，隔了窗子，我还可以看见袅动的烟缕，虽然还在袅动，但是又是怎样地微弱呢？——我到了西敏斯大寺（Westminster Abbey）了么？我自己又证明没有，我看不到阴森的长廊，看不到诗人的墓圹，我只是被装在一个长方形的小屋里，四周圈着冰冷的石板似的墙壁，我究竟在什么地方呢？桌子上那两盆草的曼长嫩绿的枝条，反射在镜子里的影子，我透过玻璃杯看到的淡淡的影子；反射在电镀过的小钟座上的影子，在平常总轻轻地笼罩上一层绿雾，不是很美丽有生气的吗？为什么也变成浮雕般的呆僵着不动呢？——一切完了，一切都给寂寞吞噬了，寂寞凝定在墙上挂的相片上，凝定在屋角的蜘蛛网上，凝定在镜子里我自己的影子上……

一切都真的给寂寞吞噬了吗？不，还有我自己，我试着抬一抬胳膊，还能抬得起，我摆了摆头，镜子里的影子也还随着动，我自己问：是谁把我放在这里的呢？是我自己，现在我才发现，就是自己，我能逃……

我能逃，然而，寂寞又跟上我了呀！在平常我们跑着百米抢书的图书馆，不是很热闹的吗？现在为什么也这样冷清呢？我从这头看到那头，像看一个朦胧的残梦，淡黄的阳光从窗子里穿进来造成一条光的路，又射在光滑的桌面上，不耀眼，不辉腾，只是死死地贴在桌上，像——像什么呢？我不愿意说，像乡间黑漆棺材上贴的金边，寥寥的几个看书的，错落地散坐着，使我想到月明夜天空里的星星，但也都石像似的坐着，不响也不动，是人么？不是，我左右看全不像，像木乃伊？又不像，因为我闻不到木乃伊应该有的那种香味，像死尸？有点，但也不全像，——我看到他们僵坐的姿势了，我看到他们一个个的翻着的死白的眼了。我现在知道他们像什么，像鱼市里的死鱼，一堆堆地排列着，鼓着肚皮，翻着白眼，可怕！然而我能逃，然而寂寞又跟上了我，我向哪里逃呢？

到了世界的末日了吗？世界的末日，多可怕！以前我曾自己想象，自己是世界上最后的一个生物，因了这无谓的想象，我流过不知多少汗，但是现在却真教我尝到这个滋味了。

天空倒挂着,像个盆,远处的西山,近处的楼台,都仿佛剪影似的贴在这灰白盆底上,小鸟缩着脖子站在土山上,不动,像博物院里的标本,流水在冰下低缓地唱着丧歌,天空里破絮似的云片,看来像一贴贴的膏药,糊在我这寂寞的心上,枯枝丫杈着,看来像鱼刺,也刺着我这寂寞的心。但是,我在身旁发现有人影在游动了,我知道,我自己不是世界上最后的生物,我在内心里浮起一丝笑意。但是(又是但是)却怪没等这笑意浮到脸上,我又看到我身旁的人也同样翻着死白的眼,像木乃伊?像僵尸?像鱼市上陈列的死鱼?谁耐心去管,战栗通过了我全身,我想逃,寂寞驱逐着我,我想逃,向哪里逃呢?——天哪!我不知道向哪里逃了。

  夜来了,随了夜来的是更多的寂寞。当我从外面走回宿舍的时候,四周死一般沉寂,但总仿佛有窸窣的脚步声绕在我四围,说声,其实哪里有什么声呢?只是我觉得有什么东西跟着我而已,倘若在白天,我一定说这是影子;倘若睡着了,我一定说这是梦,究竟是什么呢?我知道,这是寂寞,从远处我看到压在黑暗的夜气下面的宿舍,以前不是每个窗子都射出温热的软光来么?但是,变了,一切变了,大半的窗子都黑黑的,闭着寥寥的几个窗子,无力地迸射出几条光线来,又都是怎样暗淡灰白呢?——不,这不是窗子里射出的灯光,这是墓地里的鬼火,这是魔窟里的发出的魔光,我是到了鬼影憧憧的世界里了,我自己也成了鬼影了。

  我平卧在床上,让柔弱的灯光流在我身上,让寂寞在我四周跳动,静听着远处传来的瞪瞪的足音,隐隐地,细细弱弱到听不清,听不见了,这声音从哪里传来的呢?是从辽远又辽远的国土里呀!是从寂寞的大沙漠里呀!但是,又像比辽远的国土更辽远;我的小屋是坟墓,这声音是从墓外过路人的脚下蹑出来的呀!离这里多远呢?想象不出,也不能想象,望吧!是一片茫茫的白海流布在中间,海里是什么呢?是寂寞。

隔了窗子,外面是死寂的夜,从蒙翳的玻璃里看出去,不见灯光;不见一切东西的清晰的轮廓,只是黑暗,在黑暗里的迷离的树影,丫杈着,刺着暗灰的天。在三个月前,这秃光的枯枝上,有过一串串的叶子,在萧瑟的秋风里打战,又罩上一层淡淡的黄雾。再往前,在五六个月以前吧,同样的这枯枝上织上一丛丛的茂密的绿,在雨里凝成浓翠,在毒阳下闪着金光。倘若再往前推,在春天里,这枯枝上嵌着一颗颗火星似的红花,远处看,晖耀着,像火焰。——但是,一转眼,溜到现在,现在怎样了呢?变了,全变了,只剩了秃光的枯枝,刺着天空,把小小的温热的生命力蕴蓄在这枯枝的中心,外面披上这层刚劲的皮,忍受着北风的狂吹,忍受着白雪的凝固,忍受着寂寞的来袭,同我一样。它也该同我一样切盼着春的来临,切盼着寂寞的退走吧。春什么时候会来呢?寂寞什么时候会走呢?这漫漫的长长的夜,这漫漫的更长的冬……

毁誉

好誉而恶毁,人之常情,无可非议。

古代豁达之人倡导把毁誉置之度外。我则另持异说,我主张把毁誉置之度内。置之度外,可能表示一个人心胸开阔;但是,我有点担心,这有可能表示一个人的糊涂或颟顸。

我主张对毁誉要加以细致的分析。首先要分清:谁毁你?谁誉你?在什么时候?在什么地方?由于什么原因?这些情况弄不清楚,只谈毁誉,至少是有点模糊。

我记得在什么笔记上读到过一个故事。一个人最心爱的人,只有一只眼。于是他就觉得天下人(一只眼者除外)都多长了一只眼。这样毁誉能靠得住吗?

还有我们常常讲什么"党同伐异",又讲什么"臭味相投",等等。这样的毁誉能相信吗?

孔门贤人子路"闻过则喜",古今传为美谈。我根本做不到,而且也不想做到,因为我要分析:是谁说的?在什么时候,在什么地点,因为什么而说的?分析完了以后,再定"则喜",或是"则怒"。喜,我不会过头。怒,我也不会火冒十丈,怒发冲冠。孔子说:"野哉,也!"大概子路是一个粗线条的人物，心里没有像我上面说的那些弯弯绕。

我自己有一个颇为不寻常的经验。我根本不知道世界上有某一位学者，过去对于他的存在，我一点都不知道；然而，他却同我结了怨。因为，我现在所占有的位置，他认为本来是应该属于他的，是我这个"鸠"把他这个"鹊"的"巢"给占据了。因此，勃然对我心怀不满。我被蒙在鼓里，很久很久，最后才有人透了点风给我。我知道，天下竟有这种事，只能一笑置之。不这样又能怎样呢？我想向他道歉，挖空心思，也找不出丝毫理由。

大千世界，芸芸众生，由于各人禀赋不同，遗传基因不同，生活环境不同；所以各人的人生观、世界观、价值观、好恶观等等，都不会一样，都会有点差别。比如吃饭，有人爱吃辣，有人爱吃咸，有人爱吃酸，如此等等。又比如穿衣，有人爱红，有人爱绿，有人爱黑，如此等等。在这种情况下，最好是各人自是其是，而不必非人之非。俗语说："各扫门前雪，不管他人瓦上霜。"这话本来有点贬义，我们可以正用。每个人都会有友，也会有"非友"，我不用"敌"这个词儿，避免误会。友，难免有誉；非友，难免有毁。碰到这种情况，最好抱上面所说的分析的态度，切不要笼而统之，一锅糊涂粥。

好多年来，我曾有过一个"良好"的愿望：我对每个人都好，也希望每个人对我都好。只望有誉，不能有毁。最近我恍然大悟，那是根本不可能的。如果真有一个人，人人都说他好，这个人很可能是一个极端圆滑的人，圆滑到琉璃球又能长上脚的程度。

谈礼貌

眼下,即使不是百分之百的人,也是绝大多数的人,都抱怨现在社会上不讲礼貌。这完全有事实作根据的。前许多年,当时我腿脚尚称灵便,出门乘公共汽车的时候多,几乎每一次我都看到在车上吵架的人,甚至动武的人,起因都是微不足道的:你碰了我一下,我踩了你的脚,如此等等。试想,在拥拥挤挤的公共汽车上,谁能不碰谁呢?这样的事情也值得大动干戈吗?

曾经有一段时间,有关的机关号召大家学习几句话:"谢谢!""对不起!",等等。就是针对上述的情况而发的。其用心良苦,然而我心里却觉得不是滋味。一个有五千年文明的堂堂大国竟要学习幼儿园孩子们学说的话,岂不大可哀哉!

有人把不讲礼貌的行为归咎于新人类或新新人类。我并无资格成为新人类的同党,我已经是属于博物馆的人物了。但是,我却要为他们打抱不平。在他们诞生以前,有人早着了先鞭。不过,话又要说回来,新人类或新新人类确实在不讲礼貌方面有所创造,有所前进,他们发扬光大这种并不美妙的传统，他们（往往是一双男女）在光天化日之下，车水马龙之中，拥抱接吻，旁若无人，扬扬自得，连在这方面比较不拘细节的老外看了都目瞪口呆，惊诧不已。古人说："闺房之内，有甚于画眉者。"这是两口子的私事，谁也管不着。但这是在闺房之内的事，现在竟几乎要搬到大街上来，虽然还没有到"甚于画眉"的水平，可是已经很可观了。新人类还要新到什么程度呢？

如果一个人孤身住在深山老林中，你愿意怎样都行。可我们是处在社会中，这就要讲究点人际关系。人必自爱而后人爱之。没有礼貌是目中无人的一种表现，是自私自利的一种表现，如果这样的人多了，必然产生与社会不协调的后果。千万不要认为这是个人小事而掉以轻心。

现在国际交往日益频繁，不讲礼貌的恶习所产生的恶劣影响，已经不局限于国内，而是会流布全世界。前几年，我看到过一个什么电视片，是由一个意大利著名摄影家拍摄的，主题是介绍北京情况的。北京的名胜古迹当然都包罗无遗，但是，我的眼前忽然一亮：一个光着膀子的胖大汉骑自行车双手撒把，做打太极拳状，飞驰在天安门前宽广的大马路上。给人的形象是野蛮无礼。这样的形象并不多见，然而却没有逃过一个老外的眼光。我相信，这个电视片是会在全世界都放映的。它在外国人心目中会产生什么影响，不是一清二楚了吗？

最后，我想当一个文抄公，抄一段香港《大公报》上的话：

富者有礼高质，贫者有礼免辱，父子有礼慈孝，兄弟有礼和睦，夫妻有礼情长，朋友有礼义笃，社会有礼祥和。

论恐惧

法国大散文家和思想家蒙田写过一篇散文《论恐惧》。他一开始就说:"我并不像有人认为的那样是研究人类本性的学者,对于人为什么恐惧所知甚微。"我当然更不是一个研究人类本性的学者,虽然在高中时候读过心理学这样一门课,但其中是否讲到过恐惧,早已忘到爪哇国去了。

可我为什么现在又写《论恐惧》这样一篇文章呢?

理由并不太多,也谈不上堂皇。只不过是因为我常常思考这个问题,而今又受到了蒙田的启发而已。好像是蒙田给我出了这样一个题目。

根据我读书思考的结果,也根据我自己的经验,恐惧这一种心理活动和行动是异常复杂的,决不是三言两语所能说得清楚的。人们可以从很多角度上来探讨恐惧问题。我现在谈一下我自己从一个特定角度上来研究恐惧现象的想法,当然也只能极其概括,极其笼统地谈。

我认为,应当恐惧而恐惧者是正常的,应当恐惧而不恐惧者是英雄,我们平常所说的从容镇定,处变不惊,就是指的这个。不应当恐惧而恐惧者是孱头,不应当恐惧而不恐惧者也是正常的。

两个正常的现象用不着讲，我现在专讲二三个不正常的现象。要举事例，那就不胜枚举。我索性专门从《晋书》里面举出两个事例，两个都与苻坚有关。《谢安传》中有一段话："玄等既破坚，有驿书至，安方对客围棋，看书既，竟便摄放床上，了无喜色，棋如故。客问之，徐答曰：'小儿辈遂已破贼。'"苻坚大兵压境，作为大臣的谢安理当恐惧不安，然而却竟这样从容镇定，至今传颂不已。所以，我称之为英雄。

《晋书·苻坚传》有下面这几段话："谢石等以既败梁成，水陆继进。坚与苻融登城而望王师，见部阵齐整，将士精锐，又北望山上草木皆类人形，顾谓融曰：'此亦劲敌也，何谓少乎！'抚然有惧色。"下面又说："坚大惭，顾谓其夫人张氏曰：'朕若用朝臣之言，岂见今日之事耶！当何面目复临天下乎！'潸然流涕而去，闻风声鹤唳，皆谓晋师之至。"这活生生地画出了一个孱头。敌兵压境，应当振作起来，鼓励士兵，同仇敌忾，可是苻坚自己却先泄了气。这样的人不称为孱头，又称之为什么呢？结果留下了两句著名的话：风声鹤唳，草木皆兵。至今还活在人民的口中，也可以说是流什么千古了。

如果想从《论恐惧》这一篇短文里吸取什么教训的话，那就是明明白白地摆在眼前的。我们都要锻炼自己，对什么事情都不要惊慌失措，而要处变不惊。

漫谈撒谎

一

　　世界上所有的堂堂正正的宗教，以及古往今来的贤人哲士，无不教导人们：要说实话，不要撒谎。笼统来说，这是无可非议的。

　　最近读日本稻盛和夫、梅原猛著，卞立强译的《回归哲学》第四章，梅原和稻盛两人关于不撒谎的议论。梅原说："不撒谎是最起码的道德。自己说过的事要实行，如果错了就说错了——我希望现在的领导人能做到这样最普通的事。苏格拉底可以说是最早的哲学家，在苏格拉底之前有些人自称是诡辩家、智者。所谓诡辩家，就是能把白的说成黑的，站在A方或反A方同样都可以辩论。这样的诡辩家教授辩论术，曾经博得人们欢迎。原因是政治需要颠倒黑白的辩论术。"

　　在这里，我想先对梅原的话加上一点注解。他所说的"现在领导人"，指的是像日本这样国家的政客。他所说的"政治需要颠倒黑白的辩论术"，指的是古代希腊的政治。

　　梅原在下面又说："苏格拉底通过对话揭露了掌握这种

辩论术的诡辩家的无智。因而他宣称自己不是诡辩家,不是智者,而是'爱智者'。这是最初的哲学。我认为哲学家应当回归其原点,恢复语言的权威。也就是说,道德的原点是'不撒谎'。……不撒谎是道德的基本和核心。"

梅原把"不撒谎"提高到"道德原点"的高度,可见他对这个问题是多么重视。我们且看一看他的对话者稻盛是怎样对待这个问题的。稻盛首先表示同意梅原的意见。可是,随后他就撒谎问题做了一些具体的分析。他讲到自己的经历,他说,有一个他敬仰的颇有点浪漫气息的人对他说:"稻盛,不能说假话,但也不必说真话。"他听了这话,简直高兴得要跳起来。接着他就写了下面一段话:"我从小父母也是严格教导我不准撒谎。我当上了经营的负责人之后,心里还是这么想:说谎可不行啊!可是,在经营上有关企业的机密和人事等问题,有时会出现很难说真话的情况。我想我大概是为这些难题苦恼时而跟他商量的。他的这种回答在最低限度上贯彻了'不撒谎'的态度,但又不把真实情况和盘托出,这样就可以求得局面的打开。"

上面我引用了两位日本朋友的话,一位是著名的文学家,一位是著名的企业家。他们俩都在各自的行当内经过了多年的考验与磨炼,都富于人生经验。他们的话对我们会有启发的。我个人觉得,稻盛引用的他那位朋友的话:"不能说假话,但也不必说真话"!最值得我们深思。我的意思就是,对撒谎这类的社会现象,我们要进行细致的分析。

二

我们中国的父母，同日本稻盛的父母一样，也总是教导子女：不要撒谎。可怜天下父母心，总希望自己的子女能做一个堂堂正正的人，一个诚实可靠的人。如果子女撒谎成性，就觉得自己脸面无光。不但父母这样教导，我们从小受教育也接受这种要诚实、不撒谎的教育。我记得小学教科书上讲了一个故事，内容是：一个牧童在村外牧羊，有一天忽然想出了一个坏点子，大声狂呼："狼来了！"村里的人听到呼声，都争先恐后地拿上棍棒，带上斧刀，跑往村外，到了牧童所在的地方，那牧童却哈哈大笑，看到别人慌里慌张，觉得很开心，又很得意。谁料过了不久，果真有狼来了，牧童再狂呼时，村里的人却毫无动静，他们上当受骗一次，不想再重蹈覆辙。牧童的结果怎样，就用不着再说了。

所有这一些教导都是好的，但是也有一个共同的缺点，就是缺乏分析。

上面我说到，稻盛对撒谎问题是进行过一些分析的。同样，几百年前的法国大散文家蒙田（1533—1592），对撒谎问题也是作过分析的。在《蒙田随笔》上卷第九章《论撒谎者》，蒙田写道："有人说，感到自己记性不好的人，休想成为撒谎者，这样说不无道理。我知道，语法学家对说假话和撒谎是作区别的。他们说，说假话是指说不真实的，但却信以为真的事，而撒谎一词源于拉丁语（我们的法语就源于拉丁语）。这个词的定义包含违背良智的意思，因此只涉及那些言与心违的人。"

大家一琢磨就能够发现，同样是分析，但日本朋友和蒙田的着眼点和出发点，都是不同的。其间区别是相当明显的，用不着再来啰唆。

记得鲁迅先生有一篇文章，讲的是一个阔人生子庆祝，宾客盈门，竞相献媚。有人说：此子将来必大富大贵。主人喜上眉梢。又有人说，此子将来必长命百岁。主人乐在心头。忽然有一个人说：此子将来必死。主人怒不可遏。但是，究竟谁说的是实话呢？

写到这里，我自己想对撒谎问题来进行点分析。我觉得，德国人很聪明，他们有一个词儿 notluege，意思是"出于礼貌而不得不撒的谎"。一般说来，不撒谎应该算是一种美德，我们应该提倡。但是不能顽固不化。假如你被敌人抓了去，完全说实话是不道德的，而撒谎则是道德的。打仗也一样。我们古人说"兵不厌诈"，你能说这是不道德吗？我想，举了这两个小例子，大家就可以举一反三了。

漫谈伦理道德

现在,以德治国的口号已经响彻祖国大地。大家都认为,这个口号提得正确,提得及时,提得响亮,提得明白。但是,什么叫"德"呢?根据我的观察,笼统言之,大家都理解得差不多。如果仔细一追究,则恐怕是言人人殊了。

我不揣谫陋,想对"德"字进一新解。

但是,我既不是伦理学家,对哲学家们那些冗见别扭的分析阐释又不感兴趣,我只能用自己惯常用的野狐参禅的方法来谈这个问题。既称野狐,必有其不足之处;但同时也必有其优越之处,他没有教条,不见框框,宛如天马行空,驰骋自如,兴之所至,灵气自生,谈言微中,搔着痒处,恐亦难免。坊间伦理学书籍为数必多,我一不购买,二不借阅,唯恐读了以后"污染"了自己观点。

近若干年以来,我一直在考虑一个问题。人生一世,必须处理好三个关系:第一,人与大自然的关系,也就是天人关系;第二,人与人的关系,也就是社会关系;第三,个人身、口、意中正确与错误的关系,也就是修身问题。这三个关系紧密联系,互为因果,缺一不可。这些说法也许有人认为太空洞,太玄妙。我看有必要分别加以具体的说明。

首先谈人与大自然的关系。在人类成为人类之前,他们是大自然的一个不可或缺的组成部分。等到成为人类之后,就同自然闹起独立性来,把自己放在自然的对立面上。尤有甚者,特别是在西方,自从产业革命以后,通过所谓发明创造,从大自然中得到了一些甜头,于是遂诛求无餍,最终提出了"征服自然"的口号。他们忘记了一个基本事实,人类的衣、食、住、行的所有资料都必须取自大自然。大自然不会说话,"天何言哉!",但是却能报复。恩格斯说过:

> 我们不能过分陶醉于我们对自然界的胜利,对于每一次这样的胜利,自然界都报复了我们。

在一百多年以前,大自然的报复还不十分明显,恩格斯竟能说出这样准确无误又含义深远的话,真不愧是马克思主义伟大的奠基人之一!到了今天,大自然的报复已经十分明显,十分怵目惊心,举凡臭氧出洞,温室效应,全球变暖,淡水短缺,生态失衡,物种灭绝,人口爆炸,资源匮乏,新疾病产生,环境污染,如此等等,不胜枚举。其中哪一项如果得不到控制,都能影响人类的生存前途。到了这种危机关头,世界上一些有识之士才幡然醒悟,开了一些会,采取了一些措施。世界上一些国家的领导人也知道要注意环保问题了,这都是好事。但是,根据我个人的看法,还都是不够的。我们必须努力发出狮子吼,对全世界发聋振聩。

其次,我想谈一谈人与人的关系。自从人成为人以后,就逐渐形成了一些群体,也就是我们现在称之为社会的组织。这些群体形形色色,组织形式不同,组织原则也不同,但其为群体则一也。人与人之间,有时候利益一致,有时候也难免产生矛盾。举一个极其简单的例子,比如讲民主、讲自由,都不能说是坏东西,但又都必须加以限制。就拿大城市交通来说吧,绝对的自由是行不通的,必须有红绿灯,这就是限制。如果没有这个限制,大城市一天也存在不下去。这里撞车,那里撞人,弄得人人自危,不敢出门,社会活动会完全停止,这还能算是一个社会吗?这只是一个小例子,类似的大小例子还能举出一大堆来。因此,我们必须强调要处理好社会关系。

最后,我要谈一谈个人修身问题。一个人,对大自然来讲,是它的对立面;对社会来讲,是它的最基本的组成部分,是它的细胞。因此,在宇宙间,在社会上,一个人所处的地位是十分关键的。一个人的思想、语言和行动方向的正确或错误是有重要意义的。一个人进行修身的重要性也就昭然可见了。

写到这里,也许有人要问:你不是谈伦理道德问题吗,怎么跑野马跑到正确处理三个关系上去了?我敬谨答曰:我谈正确处理三个关系,正是谈伦理道德问题。因为,三个关系处理得好,人类才能顺利发展,社会才能阔步前进,个人生活才能快乐幸福。这是最高的道德,其余那些无数的烦琐的道德教条都是从属于这个最高道德标准的。这个道理,即使是粗粗一想，也是不难明白的。如果这三个关系处理不好，就要根据"不好"的程度而定为道德上有缺乏、不道德或"缺德"，严重的"不好"，就是犯罪。这个道理也是容易理解的。

全世界都承认，中国是伦理道德的理论和实践最发达的国家。中国伦理道德的基础是先秦时期的儒家打下的，在其后发展的过程中，又掺杂进来了一些道家思想和佛家思想，终于形成了现在这样一个伦理体系，仍在支配着我们的社会行动。这个体系貌似清楚，实则是一个颇为模糊的体系。三教信条你中有我，我中有你，绝不是泾渭分明的，但仍以儒家为主，则是可以肯定的。

儒家的伦理体系在先秦初打基础时可以孔子和孟子为代表。孔子的学说的中心，也可以说是伦理思想的中心，是一个"仁"字。这个说法已为学术界比较普遍地接受。孟子学说的中心，也可以说伦理思想的中心，是"仁""义"二字。对此，学术界没有异词。先秦其他儒家的学说，我们不一一论列了。至于先秦以后几千年儒家学者伦理道德的思想，我在这里也不一一论列了。一言以蔽之，他们基本上沿用孔孟的学说，间或有所增益或有新的解释，这是事物发展的必然规律，不足为怪。不这样，反而会是不可思议的。

多少年来，我个人就有个想法。我觉得，儒家伦理道德学说的重点不在理论而在实践。先秦儒家已经安排好了的：格物、致知、诚意、正心、修身、齐家、治国、平天下，是大家所熟悉的。这样的安排极有层次，煞费苦心，然而一点理论的色彩都没有。也许有人会说，人家在这里本来就不想讲理论而只想讲实践的。我们即使承认这一句话是对的，但是，什么是"仁"，什么是"义"？这在理论上总应该有点交代吧，然而，提到"仁""义"的地方虽多，也只能说是模糊语言，读者或听者并不能得到一点清晰的概念。

秦代以后，到了唐代，以儒家道统传承人自命的大儒韩愈，对伦理道德的理论问题也并没有说清楚。他那一篇著名的文章《原道》一开头就说：

> 博爱之谓仁，行而宜之之谓义，由是而之焉之谓道，足乎己勿待于外之谓德。

句子读起来铿锵有力，然而他想什么呢？他只有对"仁"字下了一个"博爱"的定义？而这个定义也是极不深刻的。此外几乎全是空话。"行而宜之"的"宜"意思是"适宜"，什么是"适宜"呢？这等于没有说。"由是而之焉"的"之"字，意思是"走"。"道"是人走的道路，这又等于白说。至于"德"字，解释又是根据汉儒那一套"德者得也"，说了仍然是让人莫名其妙。至于其他朝代的其他儒家学者，对仁义道德的解释更是五花八门，莫衷一是。我不是伦理学者，现在也不是在写中国伦理学史，恕我不再一一列举了。

我在上面极其概括地讲了从先秦一直到韩愈儒家关于仁义道德的看法。现在，我忽然想到，我必须做一点必要的补充。我既然认为，处理好天人关系在道德范畴内居首要地位，就必须探讨一下，中国古代对于这个问题是怎样看的。换句话说，我必须探讨一下先秦时代一些有代表性的哲学家对天、地、自然等概念是怎样界定的。

首先谈"天"，一些中国哲学史家认为，在春秋末期哲学家们争论的主要问题之一是，"天"是否是有人格有意志的神？这些哲学家大体上可以分为两个阵营：一个阵营主张不是，他们认为天是物质性的东西，就是我们头顶的天。这可以老子为代表。汉代《说文解字》的"天，颠也，至高无上"，可以归入此类。一个阵营的主张是，他们认为天就是上帝，能决定人类的命运，决定个人的命运。这可以孔子为代表。有一些中国哲学史袭用从苏联贩卖过来的办法，先给每一个哲学家贴上一张标签，不是唯心主义，就是唯物主义，把极端复杂的思想问题简单化了。这种做法为我所不取。

老子《道德经》中在几个地方都提到天、地、自然，等等。他说：

人法地，地法天，天法道，道法自然。（二十五章）

在这一段话里老子哲学的几个重要概念都出现了。他首先提出"道"这个概念，在他以后的中国哲学史上起着重要的作用。这里的"天"显然不是有意志的上帝，而是与"地"相对的物质性的东西。这里的"自然"是最高原则。老子主张"无为"，"自然"不就是"无为"吗？他又说：

天地不仁，以万物为刍狗。（五章）

明确说天地是没有意志的。他又说：

  道之尊，德之贵，夫莫之命而常自然。（五十一章）

  道德不发号施令，而是让万物自由自在地成长。总而言之，老子认为天不是神，而是物质的东西。
  几乎可以说是，与老子形成对立面的是孔子。在《论语》中有许多讲到"天"的地方。孔子虽然说"子不语怪力乱神"，但是，在他的心目中是有神的，只不过是"敬鬼神而远之"而已。"天"在孔子看来也是有人格有意志的神。孔子关于"天"的话我引几条：

  天何言哉！四时行焉，百物生焉，天何言哉！
  天之将丧斯文也，后死者不得与于斯文也；天之未丧斯文也，匡人其如予何！
  天生德于予，桓魋其如予何！

  等等。孔子还提倡"天命"，也就是天的意志，天的命令。自命为孔子继承人的孟子，对"天"的看法同孔子差不多。他有一段常被征引的话：

  天之将降大任于斯人也，必先苦其心志，劳其筋骨，饿其体肤，空乏其身，行拂乱其所为。所以动心忍性，曾（增）其所不能。

在这里，"天"也是一个有意志的主宰者。

也被认为是儒家的荀子，对"天"的看法却与老子接近，而与孔孟迥异其趣。他不承认天是有人格有意志的最高主宰者。有的哲学史家说，荀子直接把"天"解释为自然界。我个人认为，这是非常重要也非常正确的解释。荀子主要是在《天论》中对"天"做了许多唯物的解释，我不去抄录。我想特别提出"天养"说："财非其类以养其类，夫是之谓天养。"意思是说人类利用大自然养活自己。这也是很重要的思想。多少年前我曾写过一篇论文《"天人合一"新解》，我当时没有注意到荀子对"天"的解释，所以自命为"新解"，其实并不新了。荀子已先我二千多年言之矣。我的贡献在于结合当前世界的情况，把"天人合一"归入道德最高标准而已。这一点我在上面讲天人关系一节中已经讲到，请读者参阅。

我在上面只讲了老子、孔子、孟子和荀子。其他诸子对"天"的看法也是五花八门的。因为同我要谈的问题无关，我不一一论列。我只讲一下墨子，他认为"天"是有意志的，这同儒家的孔孟差不多。

我的补充解释就到此为止。

尽管荀子对"天"的认识已经达到了很高的水平，但是支配中国思想界的儒家仍然是保守的。我想再回头分析一下上面已经提到过的格、致等八个层次。前五项都与修身有关，后三项则讲的是社会关系，没有一项是天人关系的。这是什么原因呢？根据我个人肤浅的看法，先秦儒家，大概同一般老百姓一样，觉得天离开人们远，也有点恍兮惚兮，不容易捉摸，而人际关系则是摆在眼前的，时时处处都会碰上，不注意解决是不行的。我们汉族是一个偏重实际的民族，所以就把注意力大部分用在解决社会关系和个人修身上面了。

几千年来，在中国的封建社会中，有很多形成系列的道德教条，什么仁、义、礼、智、信，什么孝、悌、忠、信、廉、耻，如此等等，不一而足。每一个人在社会中的地位也排列得井井有条，比如五伦之类。亲属间的称呼也有条不紊，什么姑夫、舅父、表姑、表舅，等等。世界上哪一种语言也翻译不出来，甚至在当前的中国，除了年纪大的一些人以外，年轻人自己也说不明白了。《白虎通》的三纲、六纪，陈寅恪先生认为是中国文化的精义之所寄，可见中国这一些处理社会关系的准则在他心目中的重要地位了。

上面讲的是社会关系和个人修身问题。至于天人关系，除了先秦诸子所讲的以外，中国历代还有一种说法，就是所谓"天子"，说皇帝是上天的儿子。这种说法对皇帝和臣民都有好处。皇帝以此来吓唬老百姓，巩固自己的地位。臣下也可以适当地利用它来给皇帝一点制约，比如利用日蚀、月蚀、彗星出现等等"天变"来向皇帝进谏，要他注意修德，要他注意自己的行动，这对人民多少有点好处。

把以上所讲的归纳起来看，本文中所讲的三个关系，第二个关系社会关系和第三个个人修身问题，人们早已注意到了，而且一贯加以重视了。至于天人关系，虽也已注意到，但只是片面讲，其间的关系则多所忽略，特别是对大自然能够报复则认识比较晚，这情况中西皆然。只是到了西方产业革命以后，西方科技发展迅猛，人们忘乎所以，过分相信"人定胜天"的力量，以致受到了自然的报复，才出现了恩格斯所说的那种情况。到了今天，世界上一些有识之士，其中包括一些国家领导人，如梦初醒，惊呼"环保"不止。然而，从世界范围来看，并不是每个人都清醒够了，污染大气，破坏生态平衡的举动仍然到处可见，我个人的看法是不容乐观。因此我才把处理好天人关系提高到伦理道德的高标准来加以评断。

  从一部人类发展前进的历史来看，三个关系的各自的对立面并不是固定不变的，而是变动不居的，因此制约这些关系的伦理道德教条也不可能一成不变。各个时代，各个民族，各个国家，情况不一，要求不一，道德标准也不可能统一。因此，我们必须提出，对过去的道德标准一定要批判继承。过去适用的，今天未必适用；今天适用的，将来未必适用。在道德教条中有的寿命长，有的寿命短。有的可能适用于全人类，有的只能适用于某一些地区。适用于一切时代，一切地区，万古长青的道德教条恐怕是绝无仅有的。

  文章已经写得很长，必须结束了。我再着重说明一下，我不是伦理学家，没有研究过伦理学史。我只是习惯于胡思乱想。我常感觉到，中国以及世界上道德教条多如牛毛，如粒粒珍珠，熠熠闪光。可是都有点各自为政，不相贯联。我现在不揣冒昧提出了一条贯串众珠的线，把这些珠子穿了起来。是否恰当？自己不敢说。请方家不吝教正。

2001 年 5 月 25 日

一寸光阴不可轻

中华乃文章大国，北大为人文渊薮，两者实有密不可分的联系，倘机缘巧遇，则北大必能成为产生文学家的摇篮。五四运动时期是一个具体的例证，最近几十年来又是一个鲜明的例证。在这两个时期的中国文坛上，北大人灿若列星。这一个事实我想人们都会承认的。

最近若干年来，我实在忙得厉害，像50年代那样在教书和搞行政工作之余，还能有余裕的时间读点当时的文学作品的"黄金时代"一去不复返了。不过，幸而我还不能算是一个懒汉，在"内忧""外患"的罅隙里，我总要挤出点时间来，读一点北大青年学生的作品。《校刊》上发表的文学作品，我几乎都看。前不久我读到《北大往事》，这是北大70、80、90三个年代的青年回忆和写北大的文章。其中有些篇思想新鲜活泼，文笔清新俊逸，真使我耳目为之一新。中国古人说："雏凤清于老凤声。"我——如果大家允许我也在其中滥竽一席的话——和我们这些"老凤"，真不能不向你们这一批"雏凤"投过去羡慕和敬佩的眼光了。

但是，中国古人又说："满招损，谦受益。"我希望你们能够认真体会这两句话的含义。"倚老卖老",固不足取,"倚少卖少"也同样是值得青年人警惕的。天下万事万物,发展永无穷期。人外有人,天外有天,"老子天下第一"的想法是绝对错误的。你们对我们老祖宗遗留下来的浩如烟海的文学作品必须有深刻的了解。最好能背诵几百首旧诗词和几十篇古文,让它们随时涵蕴于你们心中,低吟于你们口头。这对于你们的文学创作和人文素质的提高,都会有极大的好处。不管你们现在或将来是教书、研究、经商、从政,或者是专业作家,都是如此,概莫能外。对外国的优秀文学作品,也必实下一番功夫,简练揣摩。这对你们的文学修养是决不可少的。如果能做到这一步,则你们必然能融会中西,贯通古今,创造出更新更美的作品。

宋代大儒朱子有一首诗,我觉得很有针对性,很有意义,我现在抄给大家:

>少年易老学难成,
>一寸光阴不可轻。
>未觉池塘春草梦,
>阶前梧叶已秋声。

这一首诗,不但对青年有教育意义,对我们老年人也同样有教育意义。文字明白如画,用不着过多的解释。光阴,对青年和老年,都是转瞬即逝,必须爱惜。"一寸光阴一寸金,寸金难买寸光阴。"这是我们古人留给我们的两句意义深刻的话。

你们现在是处在"燕园幽梦"中,你们面前是一条阳关大道,是一条铺满了鲜花的阳关大道。你们要在这条大道上走上六十年、七十年、八十年,或者更多的年,为人民,为人类做出出类拔萃的贡献。但愿你们永不忘记这一场燕园梦,永远记住自己是一个北大人,一个值得骄傲的北大人,这个名称会带给你们美丽的回忆,带给你们无量的勇气,带给你们奇妙的智慧,带给你们悠远的憧憬。有了这些东西,你们就会自强不息,无往不利,不会虚度此生。这是我的希望,也是我的信念。

我们面对的现实

我们面对的现实,多种多样,很难一一列举。现在我只谈两个:第一,生活的现实;第二,学术研究的现实。

一 生活的现实

生活,人人都有生活,它几乎是一个广阔无垠的概念。在家中,天天开门七件事:柴、米、油、盐、酱、醋、茶,人人都必须有的。这且不表。要处理好家庭成员的关系,不在话下。在社会上,就有了很大的区别。当官的,要为人民服务,当然也盼指日高升。大款们另有一番风光,炒股票、玩期货,一夜之间成了暴发户,腰缠十万贯,"春风得意马蹄疾,一日看遍长安花"。当然,一旦破了产,跳楼自杀,有时也在所难免。我辈书生,青灯黄卷,兀兀穷年,有时还得爬点格子,以济工资之穷。至于引车卖浆者流,只有拼命干活,才得糊口。

这都是我们必须面对的生活。我们必须黾勉从事,过好这个日子(生活),自不待言。

但是,如果我们把眼光放远一点,把思虑再深化一点,想一想全人类的生活,你感觉到危险性了没有?也许有人感到,我们这个小小寰球并不安全。有时会有地震,有时会有天灾,刀兵水火,疾病灾殃,说不定什么时候就会驾临你的头上,躲不胜躲,防不胜防。对策只有一个:顺其自然,尽上人事。

如果再把眼光放得更远,让思虑钻得更深,则眼前到处是看不见的陷阱。我自己也曾幼稚过一阵。我读东坡《(前)赤壁赋》:"唯江上之清风,与山间之明月,耳得之而为声,目遇之而成色。取之不尽,用之不竭。是造物者之无尽藏也,而我与子之所共适。"我深信苏子讲的句句是真理。然而,到了今天,江上之风还清吗?山间之月还明吗?谁都知道,由于大气的污染,风早已不清,月早已不明了。与此有联系的还有生态平衡的破坏,动植物品种的灭绝,新疾病的不断出现,人口的爆炸,臭氧层出了洞,自然资源——其中包括水——的枯竭,如此等等,不一而足。我们人类实际上已经到了"盲人骑瞎马,夜半临深池"的地步。令人吃惊的是,虽然有人已经注意到了这个现象;但并没有提高到与人类生存前途挂钩的水平,仍然只是头痛治头,脚痛治脚。还有人幻想用西方的"科学"来解救这一场危机。我认为,这是不太可能的,这一场灾难主要就是西方"征服自然"的"科学"造成的。西方科学优秀之处,必须继承;但是必须从根本上,从思想上,解决问题,以东方的"民胞物与"的"天人合一"的思想济西方"科学"之穷。人类前途,庶几有望。

二　学术研究的现实

对我辈知识分子来说，除了生活的现实之外，还有一个学术研究的现实。我在这里重点讲人文社会科学，因为我自己是搞这一行的。

文史之学，中国和欧洲都已有很长的历史。因两处具体历史情况不同，所以发展过程不尽相同。但是总的研究对象和研究方法多有相通之处，对象大都是古典文献。就中国而论，由于字体屡变，先秦典籍的传抄工作不能不受到影响。但是，读书必先识字，此《说文解字》之所以必做也。新材料的出现，多属偶然。地下材料，最初是"地不爱宝"，它自己把材料贡献出来的，有目的有意识的发掘工作是后来兴起的。盗墓者当然是例外。至于社会调查，古代不能说没有，采风就是调查形式之一。有计划有组织有目的的社会调查工作，也是晚起的，恐怕还是多少受了点西方的影响。

古代文史工作者用力最勤的是记诵之学。在科举时代，一个举子必须能背四书、五经，这是起码的条件。否则连秀才也当不上，遑论进士！扩而大之，要背诵十三经，有时还要连上注疏。至于传说有人能倒背十三经，对于我至今还是个谜，一本书能倒背吗？背了有什么用处呢？

社会不断前进，先出了一些类似后来索引的东西，系统的科学的索引，出现最晚，恐怕也是受西方的影响，有人称之为"引得"（index），显然是舶来品。

但是，不管有没有索引，索引详细不详细，我们研究一个题目，总要先积累资料，而积累资料，靠记诵也好，靠索引也好，都是十分麻烦、十分困难的。有时候穷年累月，滴水穿石，才能勉强凑足够写一篇论文的资料，有一些资料可能还是可遇而不可求的。写文章之难真是难于上青天。

然而，石破天惊，电脑出现了，许多古代典籍逐渐输入电脑了，不用一举手一投足之劳，只需发一命令，则所需的资料立即呈现在你的眼前，一无遗漏。岂不痛快也哉！

这就是眼前我们面对的学术现实。最重要最困难的搜集资料工作解决了，岂不是人人皆可以为大学者了吗？难道我们还不能把枕头垫得高高地"高枕无忧"了吗？

我说："且慢！且慢！我们的任务还并不轻松！"我们面临这一场大的转折，先要调整心态。对电脑赐给我们的资料，要加倍细致地予以分析使用。还有没有输入电脑的书，仍然需要我们去翻检。

第四章

要说真话,不讲假话,假话全不讲,真话不全讲

国学漫谈

《国学,在燕园又悄然兴起》一文在国内外一部分人中引起了轰动。据我个人看到的内地一些报纸和香港的报纸,据我收到的一些读者来信看,读者们是热诚赞成文章的精神的。

想要具体的例证,那可以说是俯拾即是。前不久,我曾就东方文化和国学作过一次报告。一位青年同志写了一篇《侧记》,叙述这一次报告的情况,读者如有兴趣,可以参阅。我因为是当事人,有独特的感触,所以不避啰唆之嫌,在这里对那天的情况再讲上几句。

那是一个阴雨连绵的晚间,天气已颇有寒意。报告定在晚上7时。我毫无自信,事先劝同学们找一个不太大的教室,能容下一百人就行了。我是有私心的,害怕人少,讲者孑然坐在讲台上,面子不好看。然而他们坚持找电教大楼的报告大厅,能容下四百人。完全出我意料,不但座无虚席,而且还有不少人站在那里,或坐在台阶上,都在静静地谛听,整个大厅里鸦雀无声。我这个年届耄耋的世故老人,内心里十分激动,眼泪在眼睛里打转。据说,有人5点半就去占了座位。面对这样一群英姿勃发的青年,我心里一阵阵热浪翻滚,笔墨语言都是形容不出来的。

海外不是有一些人纷纷扬扬，说北大学生不念书，很难对付吗？上面这现象又怎样解释呢？

人世间有果必有因。上面说的这种情况也必有其原因。我经过思考，想用两句话来回答：顺乎人心，应乎潮流。

我们中华民族拥有五千年的光辉灿烂的文化，对人类做出了卓越的贡献。很难想象，世界上如果缺少了中华文化会是一个什么样子。前几年，弘扬中华优秀文化的号召一经提出，立即受到了国内外炎黄子孙的热烈拥护。原因何在呢？这个号召说到了人们的心坎上。弘扬什么呢？怎样来弘扬呢？这就需要认真地研究。我们的文化五色杂陈，头绪万端。我们要像韩愈说的那样："沉浸酞郁，含英咀华。"经过这样细细品味、认真分析的工作，把其中的精华寻找出来，然后结合具体情况，从而发扬光大之，期有利于中国人民和世界人民的前进与发展。"国学"就是专门做这件工作的一门学问。旧版《辞源》上说：国学，一国所固有之学术也。话虽简短朴实，然而却说到了点子上。七八十年以来，这个名词已为大家所接受。除了"脑袋里有一只鸟"的人（借用德国现成的话），大概不会再就这个名词吹毛求疵。如果有人有兴趣有工夫去探讨这个词儿的来源，那是他自己的事，我无权反对。

国学绝不是"发思古之幽情"。表面上它是研究过去的文化的，因此过去有一些学者使用"国故"这样一个词儿。但是，实际上，它既与过去有密切联系，又与现在甚至将来有密切联系。现在我们不是都谈建设有中国特色的社会主义吗？什么叫"特色"？特色表现在什么地方？我曾反复思考过这个问题。我觉得，科技对我们国家建设来说，对发展生产力来说，是非常重要的，万万不能缺少的。但是，科技却很难表现出什么特色。你就是在原子能、电脑、宇宙飞船等尖端科技方面，有突出的成就，超过了世界先进国家，同其他国家比较起来，也只能是程度的差别，是水平的差别，谈不到什么特色。我姑且称这些东西为"硬件"。硬件的本质都是一样的，没有什么特色可言。

特色最容易表现在精神文化方面，我姑且称之为"软件"，哲学、宗教、文学、艺术、伦理、道德、经营、管理等都属于这个范畴。这些东西也是能够交流的，所谓"固有"并不排除交流，这个道理属于常识范围。以上这些学问基本上都保留在我们所说的"国学"中。其中有不少的东西可以说是中华文化、中华智慧的结晶，直至今日，不但对中国人发挥影响，它的光辉也照到了国外去。最近听一位国家教委的领导说，他在新德里时亲耳听到印度总统引用中国《管子》关于"十年树木，百年树人"的话。在巴基斯坦他也听到巴基斯坦总理引用中国古书中的话。足证中华智慧已深入世界人民之心。这是我们中国人应该感到骄傲的。所有这一些中国智慧都明白无误地表露了中国的特色。它产生于中国的过去，却影响了中国和世界的今天，连将来也会受到影响。事实已经证明，连外国人都会承认这一点的。

国学的作用还不就到此为止，它还能激发我们整个中华民族的爱国热情。"爱国主义"是一个好词儿，没有听到有人反对过。但是，我总觉得，爱国主义有真伪之分。在历史上，被压迫被侵略的民族，为了自己的生存与尊严，不惜洒热血、抛头颅，奋抗顽敌，伸张正义。这是真爱国主义。反之，压迫别人侵略别人的民族，有时候也高呼爱国主义，然而却不惜灭绝别的民族。这样的"爱国主义"是欺骗自己人民的口号，是蒙蔽别国人民的幌子。它实际上是极端民族沙文主义的遮羞布。例子不用举太远的，近代的德、意、日法西斯主义就是这一类货色。这是伪爱国主义。

中国的爱国主义怎样呢？它在主体上是属于真爱国主义范畴的。有历史为证，不管我们在漫长的封建时期内，"天朝大国"的口号喊得多么响，事实上我国始终有外来的侵略者，主要来自北方，先后有匈奴、突厥、辽、金、蒙、满，等等。今天，这些民族基本上都成了中华民族的组成部分；但在当时只能说是敌对者，我们不能否定历史的本来面目。在历史上，连一些雄才大略的开国君主也难以逃避耻辱。刘邦曾被困于平城，李渊曾称臣于突厥，这是最明显的例子。我们也不能说，中国过去没有主动地侵略别人过，这情况也是有过的，但不是主流，主流是中国始终受到外来的威胁。正是由于这个原因，我们中国人民敬仰、歌颂许多爱国者，岳飞、文天祥、史可法，等等都是。一直到今天，爱国主义，真正的爱国主义，始终左右我们民族的心灵。我常说，北京大学的优良传统之一，就是爱国主义，我这说法得到了许多人的赞同。探讨和分析中国爱国主义的来龙去脉，弘扬爱国主义思想，激发爱国主义热情,是我们今天"国学"的重要任务,国学的任务可能还可以举出一些来,以上三大项,我认为,已充分说明其重要性了。我上面说到"顺乎人心,应乎潮流"。我现在所谈的就是"人心",就是"潮流"。我没有可能对所有的人都调查一番。我所说的"人心",可能有点局限。但是,一滴水中可以见宇宙,从燕园来推测全国,不见得没有基础。我最近颇接触了一些青年学生。我发现,他们是很肯动脑筋的一代新人。有几个人告诉我,他们感到迷惘。这并不是坏事,这说明他们正在那里寻觅祛除迷惘的东西,正在那里动脑筋。他们成立了许多社团,有的名称极怪,什么"吠陀",什么禅学,这一类名词都用上了。也许正在燕园悄然兴起的"国学",正投了他们之所好,顺了他们的心。否则怎样来解释我在本文开头时说的那种情况呢?中国古话说"得道多助,失道寡助",顺应人心和潮流的就是"道"。

但是,正如对人世间的万事万物一样,对国学也有不同的看法。提倡国学要有点勇气,这话是我说出来的。在我心中主要指的是以"十年浩劫"为代表的那一股极"左"思潮。我可万万没有想到,今天半路上竟杀出来了一个程咬金,在小报上写文章嘲讽国学研究,大扣帽子。不知国学究竟于他何害,我百思不得其解。无独有偶,北师大古籍研究所编纂《全元文》,按说这工作有百利而无一弊,然而竟也有人想全面否定。我觉得,有这些不同意见也无妨。国学,弘扬中华优秀文化,既然是顺乎人心、应乎潮流的事业,必然会发展下去的。

1993 年 12 月 24 日

传统文化与现代化

先声明一句：对于"文化"的含义的理解五花八门。我在这里所说的"文化"是广义的文化，包括人类创造的物质和精神两个方面的一切优秀的东西。

传统文化代表文化的民族性，现代化代表文化的时代性。二者都是客观存在，是否定不掉的。二者之间的关系是矛盾统一，既相反，又相成。历史上所谓现代化，是指当时的"现代"，也可以叫做时代化。

所谓现代化或者时代化，必须有一个标准，这就是当时世界上在文化发展方面已经达到的最高水平。既然讲到世界水平，那就不再是一个国家或一个民族的事情。因此，不管哪一个时代、哪一个国家的现代化，总是同文化交流分不开的。文化交流是人类历史上以及现在人类最重要的活动之一。现代化或者时代化一个最重要的内容就是进行文化交流，大力吸收外来的文化，加以批判接受。对于传统文化，也要批判继承，二者都不能原封不动。原封不动就失去生命活力，人类和任何动物植物失去了生命活力，就不能继续生存。

在历史上任何时代，任何正常发展的国家都努力去解决传统文化与现代化的矛盾。这一个矛盾解决好了,达到暂时的统一,文化就能得到进一步的发展,国家的社会生产力也会得到进一步的发展,经济就能繁荣。解决不好,则两败俱伤。只顾前者则流于僵化保守;只顾后者则将成为邯郸学步,旧的忘了,新的不会。

中国历史上的事实可以充分证明上述的看法。试以汉代为例。汉武帝在位期间是汉代国力达到顶峰的时代。在政治方面和经济方面都有辉煌的成就。在文化思想方面,董仲舒的"罢黜百家,独尊儒术",可以说是保存传统文化的一种办法。但是当时的人们并没有仅仅对儒家思想抱残守缺,死死抱住不放,而是放眼世界,大量吸收外来的东西。从那时候起,许多外国的动物、植物、矿物,以及其他产品从西域源源传入中华,比如葡萄、胡瓜、胡豆、胡麻、胡桃、胡葱、胡蒜、石榴、胡椒、苜蓿、骆驼、汗血马、璧流离,等等都是当时传入的。西域文化,比如音乐、雕刻等也陆续传入。稍晚一点,佛教也传了进来。另一方面,中国的丝和丝织品也沿着丝绸之路传到了中亚和欧洲。总之,汉武帝及其以后的长时间中,一方面发扬传统文化,一方面大搞"时代化"。尽管当时不会有什么时代化或现代化之类的概念,人们也许根本没有意识到他们是在进行这样伟大的事业;但是他们确实这样做了,而且取得了辉煌的成果。历史的辩证法就是如此。文化交流大大地促进了汉代文化的发展,也促进了国际上文化的发展。汉武帝前后的时代遂成为中国历史上最光辉灿烂的时代之一。

我再举唐代作一个例子。李唐的家世虽然可能与少数民族有某一些联系，但是几个著名的皇帝，特别是唐太宗，对保护中华民族，主要是汉族的传统文化做了大量的工作。文学、艺术、书法、绘画、哲学、宗教等文化的各个方面都得到了可喜的发展。中华文化还大量向外国输出，日本是一个显著的例子。唐太宗本人，武功显赫，文治辉煌。他是政治家、军事家，又是书法家和诗人。贞观时代，留居长安的外国人数量极大。他们带来了各自国家的物质和精神文化，又带回中国文化。盛唐时期遂成为中国历史上最兴盛的时期之一，长安成为当时世界上第一大都会，唐王朝成为经济最发达、力量最雄厚的国家。

例子还可以举出一些来，但是这两个已经够了。这一些例子透露了一条规律：在中国历史上，凡是国力强盛时，对外文化交流，也可以叫做时代化，就进行得频繁而有生气。这反过来又促进了本国社会生产力的发展，使国力更加强盛。凡是国力衰竭时，就闭关自守，不敢进行文化交流。这反过来更加剧了国力的萎缩。打一个也许不太确切的比方：健康的人，只要有营养，什么东西都敢吃，结果他变得更加健康；患了胃病或者自以为有病的人，终日愁眉苦脸，哼哼唧唧，嘀嘀咕咕，这也不敢吃，那也不敢动。结果无病生病，有病加病，陷入困境，不能自拔。

清朝末年，被外国殖民主义者撞开了大门，有识之士意识到，不开放，不交流，则国家必无前途；保守者则大惊失色，决定死抱住国粹不放，决不允许时代化。当时许多有名的争论，什么夷夏之辩，什么体用之争，又是什么本末之分，都与此有关。这是一个国家似醒非醒时的一种反映，其中也包含着传统文化与现代化的斗争。以后经历了民国、军阀混战、国民党统治等混乱的时期，终于迎来了解放。

在解放初期，我们的国家是健康的。对于传统文化不一概抹煞，对于外来文化也并不完全拒绝。对于保护传统文化曾有过一点极"左"的干扰，影响不是很大。到了"四人帮"肆虐时期，情况完全变了。"四人帮"一伙既完全不懂传统文化，又患了严重的"胃病"，坚决拒绝一切外来的好东西。谁要是想学习外国的一点好东西，"崇洋媚外""洋奴哲学"等莫须有的帽子就满天飞舞，弄得人人谈"洋"色变。如果"四人帮"不垮台，"胃病"势将变成"胃癌"，我们国家的前途就岌岌可危了。十一届三中全会以后，我们国家又恢复了健康。我们既提倡保护传统文化，加以分析，批判继承，又提倡对外开放，大搞现代化。纵观几千年的中国历史，人们不能不承认，这是盛世之一，是最强的盛世，是正确处理传统文化与现代化这一对矛盾的典范。从这正确的处理中，我们可以看出，所谓"全盘西化"是理论上讲不通、事实上办不到的。世界上还没有哪一个西方以外的国家全盘西化过。

研究学问的三个境界

王国维在他著的《人间词话》里说了一段话：

> 古今之成大事业大学问者，必经过三种之境界："昨夜西风凋碧树，独上高楼，望尽天涯路。"此第一境也。"衣带渐宽终不悔，为伊消得人憔悴。"此第二境也。"众里寻他千百度，回头蓦见，那人正在灯火阑珊处。"此第三境也。

尽管王国维同我们在思想上有天渊之别，他之所谓"大学问""大事业"，也跟我们了解的不完全一样。但是这一段话的基本精神，我们是可以同意的。现在我就根据自己的一些经验和体会来解释一下王国维的这一段话。

"昨夜西风凋碧树，独上高楼，望尽天涯路"，意思是：在秋天里，夜里吹起了西风，碧绿的树木都凋谢了。树叶子一落，一切都显得特别空阔。一个人登上高楼，看到一条漫长的路，一直引到天边，不知道究竟有多么长。王国维引用这几句词，形象地说明了一个人立志做一件事情时的情景。

志虽然已经立定，但是前路漫漫，还看不到什么具体的东西。

说明第二个境界的那几句词引自欧阳修的《蝶恋花》。王国维只是借用那两句话来说明：在工作进行中，一定要努力奋斗，刻苦钻研，日夜不停，坚持不懈，以致身体瘦削，连衣裳的带子都显得松了。但是，他（她）并不后悔，仍然是勇往直前，不顾自己的憔悴。

在三个境界中，这可以说是关键，根据我自己的体会，立志做一件事情以后，必须有这样的精神，才能成功。无论是在对自然的斗争中，还是在阶级斗争中，要想找出规律，来进一步推动工作，都是十分艰巨的事情。就拿我们从事教育和科学研究工作的人来说吧。搞自然科学的，既要进行细致深入的实验，又要积累资料。搞社会科学的，必须积累极其丰富的资料，并加以细致的分析和研究。在工作中，会遇到层出不穷的意想不到的困难，我们一定要坚韧不拔，百折不回，决不容许有任何侥幸求成的想法，也不容许徘徊犹豫。只有这样，才能得到最后的成功。

工作是艰苦的，工作的动力是什么呢？对王国维来说，工作的动力也许只是个人的名山事业。但是，对我们来说，动力应该是建设社会主义社会和共产主义社会，所以，我们今天的工作动力同王国维时代比起来，真有天渊之别了。

所谓不顾身体的瘦削，只是形象的说法，我们决不能照办。在王国维时代，这样说是可以的。但是到了今天，我们既要刻苦钻研，同时又要锻炼身体。一马万马的关系必须正确处理。

此外，我们既要自己钻研，同时也要兢兢业业地向老师学习，打一个不太确切的比喻，老师和学生一教一学，就好像是接力赛跑，一棒传一棒，跑下去，最后达到目的地。我们之所以要尊师，就是因为老师在一定意义上是跑前一棒的人。一方面，我们要从他手里接棒；另一方面，我们一定会比他跑得远，这就是所谓"青出于蓝，而胜于蓝"。

说明第三个境界的词引自辛弃疾的《青玉案·元夕》。意思是：到处找他（她），也不知道找了几百遍几千遍，只是找不到，猛一回头，那人原来就在灯火不太亮的地方。中国旧小说常见的踏破铁鞋无觅处，得来全不费工夫，表达的也是这个意思。王国维引用这几句词，来说明获得成功的情形。一个人既然立下大志做一件事情，于是就苦干、实干、巧干。但是什么时候才能成功呢？对于这个问题大可以不必过分考虑。只要努力干下去，而方法又对头，干得火候够了，成功自然就会到你身边来。

这三个境界，一般地说起来，是与实际情况相符的。就王国维所处的时代来说，他在科学研究方面所获得的成绩是极其辉煌的，他这一番话，完全出自亲身的体会和经验，因此才这样具体而生动。

到了今天，社会大大地进步了，我们的学习条件大大地改善了，我们的学习动力也完全不一样了；我们都应该立下雄心大志，一定要艰苦奋斗，攀登科学的高峰。

学术良心或学术道德

"学术良心",好像以前还没有人用过这样一个词,我就算是"始作俑者"吧。但是,如果"良心"就是儒家孟子一派所讲的"人之初,性本善"中的"性"的话,我是不信这样的"良心"的。人和其他生物一样,其"性"就是"食、色,性也"的"性";其本质是一要生存,二要温饱,三要发展。人的一生就是同这种本能作斗争的一生。有的人胜利了,也就是说,既要自己活,也要让别人活,他就是一个合格的人。让别人活的程度越高,也就是为别人着想的程度越高,他的"好",或"善"也就越高。"宁教我负天下人,休教天下人负我",是地道的坏人,可惜的是,这样的人在古今中外并不少见。有人要问:既然你不承认人性本善,你这种想法是从哪里来的呢?对于这个问题,我还没有十分满意的解释。《三字经》上的两句话"性相近,习相远"中的"习"字似乎能回答这个问题。一个人过了幼稚阶段,有意识地或无意识地会感到,人类必须互相依存,才都能活下去。如果一个人只想到自己,或都是绝对地想到自己,那么,社会就难以存在,结果谁也活不下去。

这话说得太远了,还是回头来谈"学术良心"或者学术道德。学术涵盖面极大,文、理、工、农、医,都是学术。人类社会不能无学术,无学术,则人类社会就不能前进,人类福利就不能提高;每个人都是想日子越过越好的,学术的作用就在于能帮助人达到这个目的。大家常说,学术是老老实实的东西,不能掺半点假。通过个人努力或者集体努力,老老实实地做学问,得出的结果必然是实事求是的。这样做,就算是有学术良心。剽窃别人的成果,或者为了沽名钓誉创造新学说或新学派而篡改研究真相,伪造研究数据,这是地地道道的学术骗子。在国际上和我们国内,这样的骗子亦非少见。这样的骗局决不会隐瞒很久的,总有一天真相会大白于天下的。许多国家都有这样的先例。真相一旦暴露,不齿于士林,因而自杀者也是有过的。这种学术骗子,自古已有,可怕的是于今为烈。我们学坛和文坛上的剽窃大案,时有所闻,我们千万要引为鉴戒。

这样明目张胆的大骗当然是决不允许的。还有些偷偷摸摸的小骗,也不能不引起我们的戒心。小骗局花样颇为繁多,举其荦荦大者,有以下诸种:在课堂上听老师讲课,在公开学术报告中听报告人讲演,平常阅读书报杂志时读到别人的见解,认为有用或有趣,于是就自己写成文章,不提老师的或者讲演者的以及作者的名字,仿佛他自己就是首创者,用以欺世盗名,这种例子也不是稀见的。还有,有人在谈话中告诉了他一个观点,他也据为己有。这都是没有学术良心或者学术道德的行为。

我可以无愧于心地说，上面这些大骗或者小骗，我都从来没有干过，以后也永远不会干。

我在这里补充几点梁启超在他所著的《清代学术概论》中谈到的清代正统派的学风的几个特色："隐匿证据或曲解证据，皆认为不德。""凡采用旧说，必明引之，剿说认为大不德。"这同我在上面谈的学术道德（梁启超的"德"）完全一致。可见清代学者对学术道德之重视程度。

此外，梁启超上书中还举了一点特色："孤证不为定说。其无反证者姑存之。得有续证，则渐信之。遇有力之反证则弃之。"可以补充在这里。

治学的态度与方法

胡隽吟女士把她以前翻译的、已经出版过的许多德国学者的学术论文汇为一编，重新出版，我觉得这是很有意义的一件事。这些篇论文虽然都是几十年前写的，但是一直到今天仍然很有用处，仍然从中可以学习到许多东西。

德国学术，不管是社会科学，还是自然科学，成绩斐然，名家学者灿如列星，在国际上一向享有盛名，受到各国学者的热烈赞扬。原因何在呢？原因当然会是很多的。各人也可能有自己不同的看法。据我自己的管见，最重要的原因就是举世异口同声说的"德国的彻底性"（Deutsche Gründlichkeit）。德国学者无论研究什么问题，首先就是努力掌握与这个题目有关的文献，包括古代的和近代的，包括德国的和外国的。德国学者都广通声气，同世界各国的同行几乎都有联系，因此，全世界研究动态，他们基本上都能掌握。对自己要研究的问题的各种学说，都有成竹在心。在这个基础上，或者与此同时就大量搜集资料，不厌其详，不惧其远，只要能搜集到的，全都搜集。这两件工作做完以后，才努力分析资料，然后做出恰如其分的结论。这样的结论，即使不可能就是最后的结论,但就当前而言,已经是比较可靠的了。

我只举一个简单的例子。

《学术论文集》中所收论文作者之一傅吾康教授,是我的老朋友,他的治学态度和治学方法,我是一向钦佩的。过去的不必说了,就拿眼前傅吾康教授所进行的工作来说,也可以充分表现出这些特点。傅先生正在进行东南亚华侨问题的研究。据他自己说,他为了调查华侨的历史情况和当前情况,曾跑遍了印度尼西亚、新加坡、马来西亚等国的城市与乡村,市场与学校,古庙与墓地,只要有有关华侨的资料,不管是匾额,还是碑铭,不管是活的资料,还是死的资料,傅先生无不广为搜罗,而且把这些东西都拍成照片,分门别类,储存备用。他利用所有的交通工具,从最近代化的飞机、火车,一直到比较原始的骡车、小船。有时候也难免遇到一些惊险。吃苦耐劳那就更不必说。然而傅先生却是锲而不舍,决不后退。甚至一件不太重要的资料,也决不放过。数十年如一日,勤勤恳恳地工作着。我上面谈的"德国的彻底性",在傅吾康先生身上难道不是表现得很具体,很充分吗?这一点是很值得我们学习的。

像傅吾康先生这样的例子,不胜枚举。我也就不再举了。胡隽吟女士现在的这一部书,其中所收的论文无不充分表现出"德国的彻底性"。因此我才说,出版这一部书是很有意义的一件事。我祝贺这一部书的出版。

学问中没有捷径

我曾多次声明,我禀性愚鲁,最不擅长也最不喜欢那种抽象到无边无际的甚至是神秘的哲学思考。我喜欢具体的摸得着看得见的东西。我是搞语言研究出身的,做学问喜欢考据,那种有一千个哲学家就有一千种哲学的现象,我认为是非我性之所近。但是,出于我自己也无法解释的原因,我老年忽发少年狂,侈谈东西文化的区别及其对人类生存前途的关系。这已经接近哲学思考,是我原来所不愿谈的。"怪论"一出,反对者有之,赞成者也有之,我细读赵杰的文章,他属于后者。古语云:"惺惺惜惺惺。"我在窃喜之余,还是决定写几句话。

我的"怪论"是无能成龙配套的。我讲四大文明体系,又讲东西两大文明体系,还不知天高地厚地讲综合思维模式和分析思维模式,以及"三十年河东,三十年河西",又"预言",21世纪将是东西文化融合而以东方为主的世纪,最后还讲西方文化以"征服自然"为鹄的,制造了许多弊端,弊端不除,人类生存前途将会异常艰辛,如此等等,不一而足。我名之曰"怪论",这是以退为进的手法,我自己实际上并不认为有什么"怪",我认为,人类只要还有理性,就必然会得出这样的结论。

有高人说我论证不足,说老实话,我讨厌你们那一套"哲学"论证,与其说我是在搞哲学,不如说我是在作诗。但是我的诗是现实主义的,不是浪漫主义的,更决不会是什么朦胧诗。我的这些诗作,击节者有之,厌恶者也有之。对赞成者我感激,对反对者我恭谨阅读他们的文章;但是决不商榷,也不辩论。因为这些议论是非与否,只有将来的历史发展能够裁决,现在人的文章,不管看起来似乎振振有词,高深莫测;但大多仍然都是空话。同空话辩论,"可怜无补费精神",还不如去打牌,去钓鱼。只是有一位学者的议论,我还是要引一下,目的只在于"奇文共析赏"。这位学者说:

> 《黄帝内经》成为最高医学,"千年秘方"成为万应灵药。学习古代是学问,研究现代不是学问。"天人合一""内圣外王",语词如此冬烘,概念如此陈腐,道学先生竟想用它来教化21世纪。(《群言》,1999年第6期)

请问这一位学者,你懂得什么叫"天人合一"吗?你心目中的"天人合一"是董仲舒的"天人感应"的"天人合一"呢?还是张载的"民胞物与"的"天人合一"?至于"千年秘方",里面难免有迷信的成分,也决不会缺少老百姓用性命换来的经验。当年鲁迅一笔抹煞中医,为世诟病。不图时至世纪末又见有自命为非"冬烘"的洋冬烘、真正"科学主义"的信徒，挺身出来说出这样非"科学"的话，我确实感到吃惊！

我这一番话有点违离了自己的原则之嫌，赶快打住，还是来谈赵杰的文章。

赵杰教授在《东方文化与东亚民族》中多次谈到要繁荣蒙古学、满族学和韩国学的必要性和重要性。我个人认为，意见都是切中肯綮的。蒙古民族曾创建过历史上最辽阔的横亘亚欧二洲的大帝国，成为历史上的奇迹。到了近代，蒙古学从欧洲兴起。这门学问研究难度极大，它牵涉到众多的民族和语言，一时成了显学，欧洲颇出了一些著名的蒙古学家。清朝末年，此风传至中国，以洪钧《元史译文证补》为首的许多汉文著作出现了。后来陈寅恪先生也在这方面写过一些论文。一直到今天，研究蒙古史者，尚不乏人。要说有多少独特出众的成绩，那就很难说了。最主要的原因是，我们虽然有掌握汉文资料近水楼台之优势，但通晓与蒙古史有关的众多的语言文字，则远逊西方学者。不用说超过西方学者，就是想同他们比肩，尚有待于我国学者极大的努力。

至于满族学，按理应该说是"吾家事"，中国国境以外没有聚居的满族。但是，研究满族语言、文学、文化、风习等的学问，在眼前的中国和世界，实在真是不景气。满族一入主中原就开始汉化。虽然有几个皇帝看到了这个危机，努力加以匡正，但似乎收效甚微。我在什么书上读到，汉族大诗人袁子才（枚）太史曾充任教满文的教师，而满族人自己则无满文大学者，实在令人吃惊。反之，满族却出了几个用汉文写作的大文学家，比如纳兰性德等，曹雪芹恐怕也要归入这个范畴。到了近代，清代统治结束，研究满文的学者，更为稀少。西方汉学家中间有旁通满文者，比如德国的W. Fuchs, Haenisch, 等等。日本过去也有专门研究满文的学者，比如今西龙、今西春秋，等等。在中国，建国以后范老（文澜）曾开办过满文学习班，敦请当时尚健在的满文老专家授课。后来据说由于老专家谢世，从而停办，后遂无问津者。赵杰同志本人曾在满族学方面下过一些功夫。他的成就，我非内行里手，不敢妄加评断。只是这种精神就值得肯定，希望他能继续努力，万不要浮光掠影，而要下真功夫，庶几能真有所成就。

谈到韩国学，则颇令人气短。南北朝鲜国内研究的情况，我不清楚，不敢乱说。前几年，我曾见到过一本德国学者写的论朝鲜文的著作，洋洋数百页，由于不属于我的研究范围，所以没甚措意，至今连书名、人名都已不复记忆，实在是一件让我自己感到惋惜的事情。据我浅见所及，我们连朝鲜文确切的系属都还没能弄清楚，它可知矣。做好这一件工作，并不容易，应该广泛探讨与朝鲜文有关的古今语言文字，仔细对比，认真加以科学的分析，然后提出初步的大胆的假设，在这个基础上，再继续探讨，最后才能得出比较可靠的结论。这样艰苦的工作，我只有寄希望于好学深思不务虚名的年轻的学者了。

原来只准备写几句话，不意一下笔就不能自已，竟写了这样多，我的用意其实也颇简单。古时欧几里德对一位皇帝说："几何学中没有御道。"我现在移赠青年学者：学问中没有捷径。只有脚踏实地，努力攀登，才能达到科学的顶巅。

辞"国学大师"

现在在某些比较正式的文件中,在我头顶上也出现"国学大师"这一灿烂辉煌的光环。这并非无中生有,其中有一段历史渊源。

约摸十几二十年前,中国的改革开放大见成效,经济飞速发展。文化建设方面也相应地活跃起来。有一次在还没有改建的大讲堂里开了一个什么会,专门向同学们谈国学,中华文化的一部分毕竟是保留在所谓"国学"中的。当时在主席台上共坐着五位教授,每个人都讲上一通。我是被排在第一位的,说了些什么话,现在已忘得干干净净。《人民日报》的一位资深记者是北大校友,"于无声处听惊雷",在报上写了一篇长文《国学热悄悄在燕园兴起》。从此以后,其中四位教授,包括我在内,就被称为"国学大师"。他们三位的国学基础都比我强得多。他们对这一顶桂冠的想法如何,我不清楚。我自己被戴上了这一顶桂冠,却是浑身起鸡皮疙瘩。这情况引起了一位学者(或者别的什么"者")的"义愤",触动了他的特异功能,在杂志上著文说,提倡国学是对抗马克思主义。这话真是石破天惊,匪夷所思,让我目瞪口呆。

一直到现在，我仍然没有想通。

说到国学基础，我从小学起就读经书、古文、诗词。对一些重要的经典著作有所涉猎。但是我对哪一部古典，哪一个作家都没有下过死功夫，因为我从来没想成为一个国学家。后来专治其他的学术，浸淫其中，乐不可支。除了尚能背诵几百首诗词和几十篇古文外；除了尚能在最大的宏观上谈一些与国学有关的自谓是大而有当的问题比如天人合一外，自己的国学知识并没有增加。环顾左右，朋友中国学基础胜于自己者，大有人在。在这样的情况下，我竟独占"国学大师"的尊号，岂不折煞老身（借用京剧女角词）！我连"国学小师"都不够，遑论"大师"！

为此，我在这里昭告天下：请从我头顶上把"国学大师"的桂冠摘下来。

辞学界（术）泰斗

这要分两层来讲：一个是教育界，一个是人文社会科学界。

先要弄清楚什么叫"泰斗"。泰者，泰山也；斗者，北斗也。两者都被认为是至高无上的东西。

光谈教育界。我一生做教书匠，爬格子。在国外教书十年，在国内五十七年。人们常说："没有功劳，也有苦劳。"特别是在过去几十年中，天天运动，花样翻新，总的目的就是让你不得安闲，神经时时刻刻都处在万分紧张的情况中。在这样的情况下，我一直担任行政工作，想要做出什么成绩，岂不夏夏乎难矣哉！我这个"泰斗"从哪里讲起呢？

在人文社会科学的研究中，说我做出了极大的成绩，那不是事实。说我一点成绩都没有，那也不符合实际情况。这样的人，滔滔者天下皆是也。但是，现在却偏偏把我"打"成泰斗。我这个泰斗又从哪里讲起呢？

为此，我在这里昭告天下：请从我头顶上把"学界（术）泰斗"的桂冠摘下来。

辞"国宝"

在中国，一提到"国宝"，人们一定会立刻想到人见人爱憨态可掬的大熊猫。这种动物数量极少，而且只有中国有，称之为"国宝"，它是当之无愧的。

可是，大约在八九十来年前。在一次会议上，北京市的一位领导突然称我为"国宝"，我极为惊愕。到了今天，我所到之处，"国宝"之声洋洋乎盈耳矣。我实在是大惑不解。当然，"国宝"这一顶桂冠并没有为我一人所垄断。其他几位书画名家也有此称号。

我浮想联翩，想探寻一下起名的来源。是不是因为中国只有一个季羡林，所以他就成为"宝"。但是，中国的赵一钱二孙三李四等等，等等，也都只有一个，难道中国能有十三亿"国宝"吗？

这种事情，痴想无益，也完全没有必要。我来一个急刹车。

为此，我在这里昭告天下：请从我头顶上把"国宝"的桂冠摘下来。

三顶桂冠一摘，还了我一个自由自在身。身上的泡沫洗掉了，露出了真面目，皆大欢喜。

露出了真面目，自己是不是就成了原来蒙着华贵的绸罩的朽木架子而今却完全塌了架了呢？

也不是的。

我自己是喜欢而且习惯于讲点实话的人。讲别人，讲自己，我都希望能够讲得实事求是，水分越少越好。我自己觉得，桂冠取掉，里面还不是一堆朽木，还是有颇为坚实的东西的。至于别人怎样看我，我并不十分清楚。因为，正如我在上面说的那样，别人写我的文章我基本上是不读的，我怕里面的溢美之词。现在困居病房，长昼无聊，除了照样舞笔弄墨之外，也常考虑一些与自己学术研究有关的问题，凭自己那一点自知之明，考虑自己学术上有否"功业"，有什么"功业"。我尽量保持客观态度。过于谦虚是矫情，过于自吹自擂是老王，二者皆为我所不敢取。我在下面就"夫子自道"一番。

我常常戏称自己为"杂家"。我对人文社会科学领域内，甚至科技领域内的许多方面都感兴趣。我常说自己是"样样通，样样松"。这话并不确切。很多方面我不通；有一些方面也不松。合辙押韵，说着好玩而已。

我从事科学研究工作，已经有七十年的历史。我这个人在任何方面都是后知后觉。研究开始时并没有显露出什么奇才异能，连我自己都不满意。后来逐渐似乎开了点窍，到了德国以后，才算是走上了正路。但一旦走上了正路，走的就是快车道。回国以后，受到了众多的干扰，"十年浩劫"中完全停止。改革开放，新风吹起。我又重新上路，到现在已有二十多年了。

根据我自己的估算,我的学术研究的第一阶段是德国十年。研究的主要方向是原始佛教梵语。我的博士论文就是这方面的题目。在论文中,我论到了一个可以说是被我发现的新的语尾,据说在印欧语系比较语言学上颇有重要意义,引起了比较语言学教授的极大关怀。到了1965年,我还在印度语言学会出版的 Indian Linguistics Vol.Ⅱ发表了一篇 On the Ending-neatha for the Fuar Ruom Rlunel Atm, in the Budccher mixed Dialeer。这是我博士论文的持续发展。当年除了博士论文外,我还写了两篇比较重要的论文,一篇是讲不定过去时的,一篇讲 -am ﹥ o, u。都发表在哥廷根科学院院刊上。在德国,科学院是最高学术机构,并不是每一个教授都能成为院士。德国规矩,一个系只有一个教授,无所谓系主任。每一个学科全国也不过有二三十个教授,比不了我们现在大学中一个系的教授数量。在这样的情况下,再选院士,其难可知。科学院的院刊当然都是代表最高学术水平的。我以一个三十岁刚出头的异国的毛头小伙子竟能在上面连续发表文章,要说不沾沾自喜,那就是纯粹的谎话了。而且我在文章中提出的结论至今仍能成立,还有新出现的材料来证明,足以自慰了。此时还写了一篇关于解谈吐火罗文的文章。

1946年回国以后,由于缺少最起码的资料和书刊,原来做的研究工作无法进行,只能改行,我就转向佛教史研究,包括印度、中亚以及中国佛教史在内。在印度佛教史方面,我给与释迦牟尼有不共戴天之仇的提婆达多翻了案,平了反。

公元前五六世纪的北天竺,西部是婆罗门的保守势力,东部则兴起了新兴思潮,是前进的思潮,佛教代表的就是这种思潮。提婆达多同佛祖对着干,事实俱在,不容怀疑。但是,他的思想和学说的本质是什么,我一直没弄清楚。我觉得,古今中外写佛教史者可谓多矣,却没有一人提出这个问题,这对真正印度佛教史的研究是不利的。在中亚和中国内地的佛教信仰中,我发现了弥勒信仰的重要作用。也可以算是发前人未发之覆。我那两篇关于"浮屠"与"佛"的文章,篇幅不长,却解决了佛教传入中国的道路的大问题,可惜没引起重视。

我一向重视文化交流的作用和研究。我是一个文化多元论者,我认为,文化一元论有点法西斯味道。在历史上,世界民族,无论大小,大多数都对人类文化做出了贡献。文化一产生,就必然会交流,互学,互补,从而推动了人类社会的进步。我们难以想象,如果没有文化交流,今天的世界会是一个什么样子。在这方面,我不但写过不少的文章,而且在我的许多著作中也贯彻了这种精神。长达约八十万字的《糖史》就是一个好例子。

提到了《糖史》,我就来讲一讲这一部书完成的情况。我发现,现在世界上流行的大语言中,"糖"这一个词儿几乎都是转弯抹角地出自印度梵文的 sàrkara 这个字。我从而领悟到,在糖这种微末不足道的日常用品中竟隐含着一段人类文化交流史。于是我从很多年前就着手搜集这方面的资料。在德国读书时,我在汉学研究所曾翻阅过大量的中国笔记,记得里面颇有一些关于糖的资料。可惜当时我脑袋里还没有这个问题，就视而不见，空空放过，而今再想弥补，是绝对不可能的事情了。今天有了这问题，只能从头做起。最初，电子计算机还很少很少，而且技术大概也没有过关。即使过了关，也不可能把所有的古籍或今籍一下子都收入。留给我的只有一条笨办法：自己查书。然而，群籍浩如烟海，穷我毕生之力，也是难以查遍的。幸而我所在的地方好，北大藏书甲上庠，查阅方便。即使这样，我也要定一个范围。我以善本部和楼上的教员阅览室为基地，有必要时再走出基地。教员阅览室有两层楼的书库，藏书十余万册。于是在我八十多岁后，正是古人"含饴弄孙"的时候，我却开始向科研冲刺了。我每天走七八里路，从我家到大图书馆，除星期日大馆善本部闭馆外，不管是冬天，还是夏天；不管是刮风下雨，还是坚冰在地，我从未间断过。如是者将及两年，我终于翻遍了书库，并且还翻阅了《四库全书》中有关典籍，特别是医书。我发现了一些规律。首先是，在中国最初只饮蔗浆，用蔗制糖的时间比较晚。其次，同在古代波斯一样，糖最初是用来治病的，不是调味的。再次，从中国医书上来看，使用糖的频率越来越小，最后几乎很少见了。最后，也是最重要的一点，把原来是红色的蔗汁熬成的糖浆提炼成洁白如雪的白糖的技术是中国发明的。到现在，世界上只有两部大型的《糖史》，一为德文，算是世界名著；一为英文，材料比较新。在我写《糖史》第二部分，国际部分时，曾引用过这两部书中的一些资料。做学问，搜集资料，我一向主张要有一股"竭泽而渔"的劲头。不能贪图省力，打马虎眼。

既然讲到了耄耋之年向科学进军的情况，我就讲一讲有关吐火罗文研究。我在德国时，本来不想再学别的语言了，因为已经学了不少，超过了我这个小脑袋瓜的负荷能力。但是，那一位像自己祖父般的西克（E.Sieg）教授一定要把他毕生所掌握的绝招统统传授给我。我只能向他那火一般的热情屈服，学习了吐火罗文A焉耆语和吐火罗文B龟兹语。我当时写过一篇文章，讲《福力太子因缘经》的诸异本，解决了吐火罗文本中的一些问题，确定了几个过去无法认识的词儿的含义。回国以后，也是由于缺乏资料，只好忍痛与吐火罗文告别，几十年没有碰过。二十世纪七十年代，在新疆焉耆县七个星断壁残垣中发掘出来了吐火罗文A的《弥勒会见记剧本》残卷。新疆博物馆的负责人亲临寒舍，要求我加以解读。我由于没有信心，坚决拒绝。但是他们苦求不已，我只能答应下来，试一试看。结果是，我的运气好，翻了几张，书名就赫然出现：《弥勒会见记剧本》。我大喜过望。于是在冲刺完了《糖史》以后，立即向吐火罗文进军。我根据回鹘文同书的译本，把吐火罗文本整理了一番，理出一个头绪来。陆续翻译了一些，有的用中文，有的用英文，译文间有错误。到了二十世纪九十年代后期，我集中精力，把全部残卷译成了英文。我请了两位国际上公认是吐火罗文权威的学者帮助我，一位德国学者，一位法国学者。法国学者补译了一段，其余的百分之九十七八以上的工作都是我做的。即使我再谦虚，我也只能说，在当前国际上吐火罗文研究最前沿上，中国已经有了位置。

下面谈一谈自己的散文创作。我从中学起就好舞笔弄墨。到了高中,受到了董秋芳老师的鼓励。从那以后的七十年中,一直写作不辍。我认为是纯散文的也写了几十万字之多。但我自己喜欢的却为数极少。评论家也有评我的散文的;一般说来,我都是不看的。我觉得,文艺评论是一门独立的科学,不必与创作挂钩太亲密。世界各国的伟大作品没有哪一部是根据评论家的意见创作出来的。正相反,伟大作品倒是评论家的研究对象。目前的中国文坛上,散文又似乎是引起了一点小小的风波,有人认为散文处境尴尬,等等,皆为我所不解。中国是世界散文大国,两千多年来出现了大量优秀作品,风格各异,至今还为人所诵读,并不觉得不新鲜。今天的散文作家大可以尽量发挥自己的风格,只要作品好,有人读,就算达到了目的,凭空作南冠之泣是极为无聊的。前几天,病房里的一位小护士告诉我,她在回家的路上一气读了我五篇散文,她觉得自己的思想感情有向上的感觉。这种天真无邪的评语是对我最高的鼓励。

最后,还要说几句关于翻译的话。我从不同文字中翻译了不少文学作品,其中最主要的当然是印度大史诗《罗摩衍那》。

以上是我根据我那一点自知之明对自己"功业"的评估,是我的"优胜纪略"。但是,我自己最满意的还不是这些东西,而是自己胡思乱想关于"天人合一"的新解。至少在十几年前,我就想到了一个问题。大自然中出现了不少问题,比如生态平衡破坏,植物灭种,臭氧出洞,气候变暖,淡水资源匮乏,新疾病产生,等等。哪一样不遏制,人类发展前途都会受到影响。我认为,这些危害都是西方与大自然为敌,要征服自然的结果。西方哲人歌德、雪莱、恩格斯等早已提出了警告。可惜听之者寡。情况越来越严重,各国政府,甚至联合国才纷纷提出了环保问题。我并不是什么先知先觉,只是感觉到了,不得不大声疾呼而已。我的"天人合一"要求的是人与大自然要做朋友,不要成为敌人。我们要时刻记住恩格斯的话:大自然是会报复的。

以上就是我的"夫子自道","道"得准确与否,不敢说。但是,"道"的都是真话。

此外,在提倡新兴学科方面,我也做了一些工作,比如敦煌学,我在这方面没有写过多少文章;但对团结学者和推动这项研究工作,我却做出了一些贡献。又如比较文学,关于比较文学的理论问题,我几乎没有写过文章,因为我没有研究。但是中国第一个比较文学研究会却是在北大成立的,可以说是开风气之先。此外,我还主编了几种大型的学术丛书,首先就是《东方文化集成》,准备出五百种,用高水平的研究成果,向世界人民展示什么叫东方文化。我还帮助编纂了《四库全书存目丛书》,取得了很大的成功。其余几种现在先不介绍了。我觉得有相当大意义的工作是我把印度学引进了中国,或者也可以说,在中国过去有光辉历史的有上千年历史的印度研究又重新恢复起来。现在已经有了几代传人,方兴未艾。要说从我身上还有什么值得学习的东西,那就是勤奋。我一生不敢懈怠。

总而言之，我就是通过这一些"功业"获得了名声，大都是不虞之誉。政府、人民，以及学校给予我的待遇，同我对人民和学校所做的贡献，相差不可以道里计。我心里始终感到疚愧不安。现在有了病，又以一个文职的教书匠硬是挤进了部队军长以上的高干疗养的病房，冒充了四十五天的"首长"。政府与人民待我可谓厚矣。扪心自问，我何德何才，获此殊遇！

　　就在进院以后，专家们都看出了我这一场病的严重性，是一场能致命的不大多见的病。我自己却还糊里糊涂，掉以轻心，溜溜达达，走到阎王爷驾前去报到。大概由于文件上一百多块图章数目不够，或者红包不够丰满，被拒收，我才又走回来，再也不敢三心二意了，一住就是四十五天，捡了一条命。

　　我在医院中是一个非常特殊的病人，一般的情况是，病人住院专治一种病，至多两种。我却一气治了四种病。我的重点是皮肤科，但借住在呼吸道科病房里，于是大夫也把我吸收为他们的病人。一次我偶尔提到，我的牙龈溃疡了。院领导立刻安排到牙科去，由主任亲自动手，把我的牙整治如新。眼科也是很偶然的。我们认识魏主任，他说要给我治眼睛。我的眼睛毛病很多，他作为专家，一眼就看出来了。细致地检查，认真地观察，在十分忙碌的情况下，最后他说了一句铿锵有力的话："我放心了！"我听了当然也放心了。他又说，今后五六年中没有问题。最后还配了一副我生平最满意的眼镜。

上面讲的主要是医疗方面的情况。我在这里还领略人情之美。我进院时,是病人对医生的关系。虽然受到院长、政委、几位副院长,以及一些科主任和大夫的礼遇,仍然不过是这种关系的表现。

　　但是,悄没声地这种关系起了变化。我同几位大夫逐渐从病人医生的关系转向朋友的关系,虽然还不能说无话不谈,但却能谈得很深,讲一些蕴藏在心灵中的真话。常言道:"对人只讲三分话,不能闲抛一片心。"讲点真话,也并不容易的。此外,我同本科的护士长、护士,甚至打扫卫生的外地来的小女孩,也都逐渐熟了起来,连首长的陪护也都成了我的忘年交,其乐融融。

　　我的七十年前的老学生原301副院长牟善初,至今已到了望九之年,仍然每天穿上白大褂,巡视病房。他经常由周大夫陪着到我屋里来闲聊。七十年的漫长的岁月并没有隔断我们的师生之情,不也是人生一大快事吗?

　　我的许多老少朋友,包括江牧岳先生在内,亲临医院来看我。如果不是301门禁极为森严,则每天探视的人将挤破大门。我真正感觉到了,人间毕竟是温暖的,生命毕竟是可爱的,生活着毕竟是美丽的(我本来不喜欢某女作家的这一句话,现在姑借用之)。

　　我初入院时,陌生的感觉相当严重。但是,现在我要离开这里了,却产生了浓烈的依依难舍的感情。"客房回看成乐园",我不禁一步三回首了。

精华与糟粕

最近几十年来,中国文史界有一个口头语,叫做"批判继承"。说详细一点,就是对中国古代文化要"一分为二",分清精华与糟粕,继承前者而批判后者。口号一出,天下翕然从之,几乎是每人必讲,每会必讲,无有表异议者,仿佛它是先验的,用不着证明。

但是,究竟什么叫做"精华",什么又叫做"糟粕"呢?两者关系又是怎样呢?我——我看别人也一样——从来没有去认真思考过,好像两者泾渭分明,一看就能识别,只要文中一写,会上一说,它就成了六字真言,威力自在。

最近我那胡思乱想的毛病又发作起来,狂悖起来,我又仔细思考了这个问题,苦思之余,豁然开朗,原来这两个表面上看上去像是对立面的东西,不但不是泾渭分明,而是界限不清;尤有甚者,在一定的条件下,双方可以相互向对立面转化。

空口无凭,我举几个例子。孔子和儒学,在九十年前的五四运动时期,肯定被认为是糟粕,不然的话,何能喊出了"打倒孔家店"的口号?然而,时移世迁,到了今天,中国正在努力建设社会主义初级阶段的社会，还有什么人能说孔子和儒学中没有精华呢？这是由糟粕向精华转化的例子。另外一个例子是在改革开放以前思想大混乱的时期中，斗，斗，斗的哲学被认为是天经地义，当然是精华无疑了。然而到了今天怎样了呢？谁敢说它不是糟粕？这是一个从精华转化成糟粕的例子。我认为，这两个例子都是有说服力的，类似的例子还有很多，我不一一列举了。

但是，上面的例子还是过于简单化了一些，古往今来，实际的情况要复杂得多，精华与糟粕互相转化，循环往复，变化多端，想读者定能举一隅而以三隅反的。

这种情况的根源何在呢？我个人的看法是：时代随时在前进，社会随时在变化。每一个时代和每一个社会都有自己的特殊要求，在政治方面，在经济方面，在巩固统治方面，在保持安定团结方面，在发展文化教育方面，在提高人民的文化道德水平方面，等等，都有自己的特殊要求。能满足这个要求的前代或当代的理论、学说或者行动，就是精华，否则就是糟粕。但时代和社会是永不停息地变动着的，一变动就会提出新的要求。以不变应万变的理论、学说或者行动是不能想象的。

我的用意只不过是提醒人们：在讲出这近乎套话的"批判继承"和"要分清精华与糟粕"的时候，要稍稍动一点脑筋，不要让套话变成废话，如此而已。

梦萦未名湖

北京大学正在庆祝九十周年华诞。对一个人来说，九十周年是一个很长的时期，就是所谓耄耋之年。自古以来，能够活到这个年龄的只有极少数的人。但是，对一个大学来说，九十周年也许只是幼儿园阶段。北京大学肯定还要存在下去的，二百年，三百年，一千年，甚至更长的时期。同这样长的时间相比，九十周年难道还不就是幼儿园阶段吗？

我们的校史，还有另外一种计算方法，那就是从汉代的太学算起。这决非我的发明创造，国外不乏先例。这样一来，我们的校史就要延伸到两千来年，要居世界第一了。就算是两千来年吧，我们的北大还要照样存在下去的。也许三千年，四千年，谁又敢说不行呢？同将来的历史比较起来，活了两千年也只能算是如日中天，我们的学校远远没有达到耄耋之年。

一个大学的历史存在于什么地方呢？在书面的记载里，在建筑的实物上，当然是的。但是，它同样也存在于人们的记忆中。相对而言，存在于人们的记忆中，时间是有限的，但它毕竟是存在。而且这个存在更具体、更生动、更动人心魄。在过去九十年中，从北京大学毕业的人数无法统计，每个人都有自己对母校的回忆。在这些人中，有许多在中国近代史上非常显赫的名字。离开这一些人，中国近代史的写法恐怕就要改变。这当然只是极少数人。其他绝大多数的人，尽管知名度不尽相同，也都在自己的工作岗位上，对祖国的建设事业作出了自己的贡献。他们个人的情况错综复杂，他们的工作岗位五花八门。但是，我相信，有一点却是共同的：他们都没有忘记自己的母校北京大学。《精神的魅力》一书中收集的几十篇文章完全可以证明这一点。母校像是一块大磁石吸引住了他们的心。让他们那记忆的丝缕永远同母校挂在一起，挂在巍峨的红楼上面，挂在未名湖的湖光塔影上面，挂在燕园的四时不同的景光上面：春天的桃杏藤萝，夏天的绿叶红荷，秋天的红叶黄花，冬天的青松瑞雪；甚至临湖轩的修篁，红湖岸边的古松，夜晚大图书馆的灯影，绿茵上飘动的琅琅书声，所有这一切无不挂上校友们回忆的丝缕，他们的梦永远萦绕在未名湖畔。《沙恭达罗》里面有一首著名的诗：

　　你无论走得多么远也不会走出了我的心，
　　黄昏时刻的树影拖得再长也离不开树根。

　　北大校友们不完全就是这个样子吗？
　　至于我自己，我七十多年的一生（我只是说到目前为止，并不想就要作结论），除了当过一年高中国文教员，在国外工作了几年以外,唯一的工作岗位就是在北京大学,到现在已经四十多年了,占了我一生的一半还要多。我于1946年深秋回到故都,学校派人到车站去接。汽车行驶在十里长街上,凄风苦雨,街灯昏黄,我真有点悲从中来。我离开故都已经十几年了,身处万里以外的异域,作为一个海外游子经常给自己描绘重逢的欢悦情景。谁又能想到,重逢竟是这般凄苦?我心头不由自主地涌出了两句诗:"西风凋碧树,落叶满长安(长安街也)。"我心头有一个比深秋更深秋的深秋。

到了学校以后,我被安置在红楼三层楼上。在日寇占领时期,红楼驻有日寇的宪兵队,地下室就是行刑杀人的地方,传说里面有鬼叫声。我从来不相信有什么鬼神。但是,在当时,整个红楼上下五层,寥寥落落,只住着四五个人,再加上电灯不明,在楼道的薄暗处真仿佛有鬼影飘忽。走过长长的楼道,听到自己的脚音回荡,颇疑非置身人间了。

但是,我怕的不是真鬼,而是假鬼,这就是决不承认自己是魔鬼的国民党特务,以及由他们纠集来的当打手的天桥的地痞流氓。当时国民党反动派正处在垂死挣扎阶段。号称北平解放区的北大的民主广场成了他们的眼中钉,肉中刺。红楼又是民主广场的屏障,于是就成了他们进攻的目标。他们白天派流氓到红楼附近来捣乱,晚上还想伺机进攻。住在红楼的人逐渐多起来了。大家都提高警惕,注意动静。我记得有几次甚至想用椅子堵塞红楼主要通道,防备坏蛋冲进来。这样紧张的气氛颇延续了一段时间。

延续了一段时间，恶魔们终于也没能闯进红楼，而北平却解放了。我于此时真正是耳目为之一新。这件事把我的一生明显地分成了两个阶段。从此以后，我的回忆也截然分成了两个阶段：一段是魑魅横行，黑云压城；一段是魍魉现形，天日重明。两者有天渊之别，云泥之分。北大不久就迁至城外有名的燕园中，我当然也随学校迁来，一住就住了将近四十年。我的记忆的丝缕会挂在红楼上面，会挂在截然不同的两个世界上，这是不言而喻的。

　　一住就是四十年，天天面对未名湖的湖光塔影。难道我还能有什么回忆的丝缕要挂在湖光塔影上面吗？别人认为没有，我自己也认为没有。我住房的窗子正面对未名湖畔的宝塔。一抬头，就能看到高耸的塔尖直刺蔚蓝的天空。层楼栉比，绿树历历，这一切都是活生生的现实，一睁眼，就明明白白能够看到，哪里还用去回忆呢？

　　然而，世事多变。正如世界上没有一条完全平坦笔直的道路一样，我脚下的道路也不可能是完全平坦笔直的。在魍魉现形、天日重明之后，新生的魑魅魍魉仍然可能出现。我在美丽的燕园中，同一些真正善良的人们在一起，又经历了一场群魔乱舞、黑云压城的特大暴风骤雨。这在中国人民的历史上是空前的（我但愿它也能绝后）！我同一些善良正直的人们被关了起来，一关就是八九个月。但是，终于又像"凤凰涅槃"一般，活了下来。遗憾的是，燕园中许多美好的东西遭到了破坏。许多楼房外面墙上的"爬山虎"，那些有一二百年寿命的丁香花，在北京城颇有一点名气的西府海棠，繁荣茂盛了三四百年的藤萝，都坚决、彻底、干净、全部地被消灭了。为什么世间一些美好的花草树木也竟像人一样成了"反革命"，成了十恶不赦的罪犯呢？我百思不得其解。

我自己总算侥幸活下来了。但是，这一些为人们所深深喜爱的花草树木，却再也不能见到了。如果它们也有灵魂的话，（我希望它们有！）这灵魂也决不会离开美丽的燕园。月白风清之夜，它们也会流连于未名湖畔湖光塔影中吧！如果它们能回忆的话，它们回忆的丝缕也会挂在未名湖上吧！可惜我不是活神仙，起死无方，回生乏术。它们消逝了，永远消逝了。这里用得上一句旧剧的戏词："要相会，除非是梦里团圆。"

到了今天，这场噩梦早已消逝得无影无踪。我又经历了一次魑魅现形、天日重明的局面。我上面说到，将近四十年来，我一直住在燕园中、未名湖畔，我那回忆的丝缕用不着再挂在未名湖上。然而，那些被铲除的可爱的花草时来入梦。我那些本来应该投闲置散的回忆的丝缕又派上了用场。它挂在苍翠繁茂的爬山虎上，芳香四溢的丁香花上，红绿皆肥的西府海棠上，葳蕤茂密的藤萝花上。这样一来，我就同那些离开母校的校友一样，也梦萦未名湖了。

尽管我们目前还有这样那样的困难，但是我们未来的道路将会越走越宽广。我们今天回忆过去，决不仅仅是发思古之幽情。我们回忆过去是为了未来。愿普天之下的北大校友：国内的、海外的、男的、女的、老的、少的，什么时候也不要割断你们对母校的回忆的丝缕,愿你们永远梦萦未名湖,愿我们大家在十年以后都来庆祝母校的百岁华诞。"但愿人长久,千里共婵娟!"

漫谈北大派和清华派

这里讲的"派"不是从政治上来讲的,而是从学术上,从学风上。

我是清华的毕业生,又在北大工作了半个多世纪,我自信对这两所最高学府是能够有所了解的。因此,让我来谈一谈两校学风的异同问题,我还是有点资本的。

我脑筋里从来就没有考虑过两校的学风问题。原因是自从1952年进行院系调整以来,清华已经成为一所工科大学,北大仍然保留综合大学的地位。以工科而谈学风,盖已难矣。可是,我前不久偶然在一个什么杂志或报纸上读到了一位学者的文章,他是最近几年来清华恢复文科院系以后到清华去任教的,他是人文社会科学专家,是有资格谈学风的。我因为病目,不良于视,只是大体上翻了翻这一篇文章,记得内容只是谈清华学派的,其中列举了一大串学者的名字,好像都是老清华的。作者的用意大概是,这些学者组成了"清华学派"。这些人名我基本上都是熟悉的。看了这一张人名榜,我第一个想法就是:作者对于这一些人似乎有点隔膜。其中有一些是六十多年前我在清华读书时的教授,我对他们是了解的。在当时学生心目中,他们不过是半教授半政客的"双栖学者"。我们根本不知道他们有什么有独到见解的为内行人所承认的学术著作。因此,我直觉地觉得,即使真有一个"清华学派"的话,里面也很难有他们的座位。

那一篇文章我并没有看完,便置诸脑后,以后也再没有想这个问题。

但是,后来听说,北大的一些年轻教员对于这个问题颇感兴趣。他们先准备召开一次座谈会,后来又改为用笔谈的形式来各抒己见。守常约我参加,我答应他也来凑个热闹。

北大和清华有没有差别呢?当然有的。据我个人的印象,在过去相当长的时间内,在国内和国际上的地位方面,在对中国教育、学术和文化的贡献方面,两校可以说是力量匹敌,无从轩轾。这是同一性。但是,在双方的风范——我一时想不出更确切的词儿,姑且用之——方面,却并不相同。如果允许我使用我在拙文《门外中外文论絮语》中提出来的文艺批评的话语的话,我想说,北大的风范可用人们对杜甫诗的评论"沉郁顿挫"来概括。而对清华则可用杜甫对李白诗的评价"清新俊逸"来概括。这是我个人的印象,但是我自认是准确的。至于为什么说是准确,则决非三言两语能够解释清楚的,这个问题就留给大家去揣摩吧。

这是就一般的风范来说的。至于学风,则愧我愚陋,我实在看不出有什么差别。首先一个问题我就解决不了,根据什么来划分北大学派和清华学派?根据人嘛,是从北大或清华毕业的人才算是北大学派或清华学派呢?抑或是在北大或清华任教的人才算是北大学派或清华学派呢？有的人是从北大毕业然而却在清华教书，或者适得其反，他算是什么学派呢？这样的人，我无法去统计，然而其数目却是相当大的。

根据学术著作的内容嘛，这也不行。著作内容，比如说中国哲学史，每一个学者，只要个人愿意，都能研究，决不会有什么北大学派或清华学派。根据学术风格嘛，几乎每一个学者都有自己的风格，不但北大、清华如此，南开、复旦等校又何独不然！

北大和清华，由于历史渊源关系，教授互相兼课的很多，两校教授成为朋友的更多，关系错综复杂，难以寻出一条线索把他们分为两派。只要是北大的教授，就属于北大学派。只要是清华的教授，就属于清华学派。这是一种过分简单化的做法，什么问题也不解决。

总之，我认为，从学术上来讲，根本没有什么北大学派和清华学派。

第五章

人有生、老、病、死,是自然规律,用不着伤春,也用不着悲秋

怀念母亲

我一生有两个母亲：一个是生我的那个母亲；一个是我的祖国母亲。

我对这两个母亲怀着同样崇高的敬意和同样真挚的爱慕。

我六岁离开我的生母，到城里去住。中间曾回故乡两次，都是奔丧，只在母亲身边待了几天，仍然回到城里。最后一别八年，在我读大学二年级的时候，母亲弃养，只活了四十多岁。我痛哭了几年，食不下咽，寝不安席。我真想随母亲于地下。我的愿望没能实现，从此我就成了没有母亲的孤儿。一个缺少母爱的孩子，是灵魂不全的人。我怀着不全的灵魂，抱终天之恨。一想到母亲，就泪流不止，数十年如一日。如今到了德国，来到哥廷根这一座孤寂的小城，不知道是为什么，母亲频来入梦。

我的祖国母亲，我这是第一次离开她。离开的时间只有短短几个月，不知道是为什么，我这个母亲也频来入梦。

为了保存当时真实的感情，避免用今天的情感篡改当时的感情，我现在不加叙述，不作描绘，只从初到哥廷根的日记中摘抄几段。

1935年11月16日

不久外面就黑起来了。我觉得这黄昏的时候最有意思。我不开灯,只沉默地站在窗前,看暗夜渐渐织上天空,织上对面的屋顶。一切都沉在朦胧的薄暗中。我的心往往在沉静到不能再沉静的氛围里,活动起来。这活动是轻微的,我简直不知道有这样的活动。我想到故乡,故乡里的老朋友,心里有点酸酸的,有点凄凉。然而这凄凉却并不同普通的凄凉一样,是甜蜜的,浓浓的,有说不出的味道,浓浓地糊在心头。

11月18日

从好几天以前,房东太太就向我说,她的儿子今天家来,从学校回家来,她高兴得不得了。……但儿子只是不来,她的神色有点沮丧。她又说,晚上还有一道车,说不定他会来的。我看了她的神气,想到自己的在故乡地下卧着的母亲,我真想哭!我现在才知道,古今中外的母亲都是一样的!

11月20日

我现在还真是想家,想故国,想故国里的朋友。我有时简直想得不能忍耐。

11月28日

我仰在沙发上,听风声在窗外过路。风里夹着雨,天色阴得如黑夜。心里思潮起伏,又想起故国了。

12月6日

近几天来，心情安定多了。以前我真觉得两年太长；同时，在这里无论衣食住行哪一方面都感到不舒服，所以这两年简直似乎无论如何也忍受不下来了。

从初到哥廷根的日记里，我暂时引用这几段。实际上，类似的地方还有不少，从这几段中也可见一斑了。总之，我不想在国外待。一想到我的母亲和祖国母亲，就心潮腾涌，惶惶不可终日，留在国外的念头连影儿都没有。几个月以后，在1936年7月11日，我写了一篇散文，题目叫《寻梦》。开头一段是：

夜里梦到母亲，我哭着醒来。醒来再想捉住这梦的时候，梦却早不知道飞到什么地方去了。

下面描绘在梦里见到母亲的情景。最后一段是：

天哪！连一个清清楚楚的梦都不给我吗？我怅望灰天，在泪光里，幻出母亲的面影。

我在国内的时候，只怀念，也只有可能怀念一个母亲。现在到国外来了，在我的怀念中就增添了一个祖国母亲。这种怀念，在初到哥廷根的时候，异常强烈，以后也没有断过。

对这两位母亲的怀念，一直伴随着我度过了在德国的十年，在欧洲的十一年。

第五章　人有生、老、病、死，是自然规律，用不着伤春，也用不着悲秋

元旦思母

又一个新的元旦来到了我的眼前。这样的元旦,我已经过过九十几个。要说我对它没有新的感觉,不是恰如其分吗?

但是,古人诗说:"每逢佳节倍思亲。"当前的元旦,是佳节中最佳的节。"天增岁月人增寿,春满乾坤福满门。"还能有比这更有意义的事情吗?还能有比这更佳的佳节吗?我是一个富有感情的人,感情超过需要的人,我焉得而不思亲乎?

思亲首先就是思母亲。

母亲逝世已经超过半个多世纪了。我怀念她的次数却是越来越多,灵魂的震荡越来越厉害。我实在忍受不了,真想追母亲于地下了。

不知是出于什么原因,最近几年以来,我每次想到母亲,眼前总浮现出一张山水画:低低的一片山丘,上面修建了一座亭子,周围植绿竹十余竿,幼树十几株,地上有青草。按道理,这样一幅画的底色应该是微绿加微黄,宛然一幅元人倪云林的小画。然而我眼前的这幅画整幅显出了淡红色,这样一个地方,在宇宙间是找不到的。可是,我每次一想母亲,这幅画便飘然出现,到现在已经出现过许多许多次,从来没有一点改变。胡为而来哉!恐怕永远也不会找到答案的。也或许是说,在这一幅小画上的我的母亲,在这一元复始,万象更新之际,让这一幅小画告诫我,永远不要停顿,要永远向前,千万不能满足于当前自己已经获得的这一点小小的成就。要前进。再前进。永不停息。

2006 年 1 月 3 日

我的童年

回忆起自己的童年来,眼前没有红,没有绿,是一片灰黄。

七十多年前的中国,刚刚推翻了清代的统治,神州大地,一片混乱,一片黑暗。我最早的关于政治的回忆,就是"朝廷"二字。当时的乡下人管当皇帝叫坐朝廷,于是"朝廷"二字就成了皇帝的别名。我总以为朝廷这种东西似乎不是人,而是有极大权力的玩意儿。乡下人一提到它,好像都肃然起敬。我当然更是如此。总之,当时皇威犹在,旧习未除,是大清帝国的继续,毫无万象更新之象。

我就是在这新旧交替的时刻,于1911年8月6日,生于山东省清平县(现改临清市)的一个小村庄——官庄。当时全中国的经济形势是南方富而山东(也包括北方其他省份)穷。专就山东论,是东部富而西部穷。我们县在山东西部又是最穷的县,我们村在穷县中是最穷的村,而我们家在全村中又是最穷的家。

我们家据说并不是一向如此。在我诞生前似乎也曾有过比较好的日子。可是我降生时祖父、祖母都已去世。我父亲的亲兄弟共有三人,最小的一个(大排行是第十一,我们把他叫一叔）送给了别人，改了姓。我父亲同另外的一个弟弟（九叔）孤苦伶仃，相依为命。房无一间，地无一垄，两个无父无母的孤儿，活下去是什么滋味，活着是多么困难，概可想见。他们的堂伯父是一个举人，是方圆几十里最有学问的人物，做官做到一个什么县的教谕，也算是最大的官。他曾养育过我父亲和叔父，据说待他们很不错。可是家庭大，人多是非多。他们俩有几次饿得到枣林里去捡落到地上的干枣充饥。最后还是被迫弃家（其实已经没了家）出走，兄弟俩逃到济南去谋生。"文化大革命"中我自己"跳出来"反对那一位臭名昭著的"第一张马列主义大字报"的作者，惹得她大发雌威，两次派人到我老家官庄去调查，一心一意要把我"打成"地主。老家的人告诉那几个"革命"小将，说如果开诉苦大会，季羡林是官庄的第一名诉苦者，他连贫农都不够。

我父亲和叔父到了济南以后，人地生疏，拉过洋车，扛过大件，当过警察，卖过苦力。叔父最终站住了脚。于是兄弟俩一商量，让我父亲回老家，叔父一个人留在济南挣钱，寄钱回家，供我的父亲过日子。

我出生以后，家境仍然是异常艰苦。一年吃白面的次数有限，平常只能吃红高粱面饼子；没有钱买盐，把盐碱地上的土扫起来，在锅里煮水，腌咸菜，什么香油，根本见不到。一年到底，就吃这种咸菜。举人的太太，我管她叫奶奶，她很喜欢我。我三四岁的时候，每天一睁眼，抬腿就往村里跑（我们家在村外），跑到奶奶跟前，只见她把手一蜷，蜷到肥大的袖子里面，手再伸出来的时候，就会有半个白面馒头拿在手中，递给我。我吃起来，仿佛是龙胆凤髓一般，我不知道天下还有比白面馒头更好吃的东西。这白面馒头是她的两个儿子（每家有几十亩地）特别孝敬她的。她喜欢我这个孙子，每天总省下半个，留给我吃。在长达几年的时间内，这是我每天最高的享受，最大的愉快。

大概到了四五岁的时候，对门住的宁大婶和宁大姑，每年夏秋收割庄稼的时候，总带我走出去老远到别人割过的地里去拾麦子或者豆子、谷子。一天辛勤之余，可以捡到一小篮麦穗或者谷穗。晚上回家，把篮子递给母亲，看样子她是非常欢喜的。有一年夏天，大概我拾的麦子比较多，她把麦粒磨成面粉，贴了一锅死面饼子。我大概是吃出味道来了，吃完了饭以后，我又偷了一块吃，让母亲看到了，赶着我要打。我当时是赤条条浑身一丝不挂，我逃到房后，往水坑里一跳。母亲没有法子下来捉我，我就站在水中把剩下的白面饼子尽情地享受了。

现在写这些事情还有什么意义呢？这些芝麻绿豆般的小事是不折不扣的身边琐事，使我终生受用不尽。它有时候能激励我前进，有时候能鼓舞我振作。我一直到今天对日常生活要求不高，对吃喝从不计较，难道同我小时候的这一些经历没有关系吗？我看到一些独生子女的父母那样溺爱子女，也颇不以为然。儿童是祖国的花朵，花朵当然要爱护；但爱护要得法，否则无异于坑害子女。

不记得是从什么时候起我开始学着认字，大概也总在四岁到六岁之间。我的老师是马景功先生。现在我无论如何也记不起有什么类似私塾之类的场所，也记不起有什么《百家姓》《千字文》之类的书籍。我那一个家徒四壁的家就没有一本书，连带字的什么纸条子也没有见过。反正我总是认了几个字，否则哪里来的老师呢？马景功先生的存在是不能怀疑的。

虽然没有私塾，但是小伙伴是有的。我记得最清楚的有两个：一个叫杨狗，我前几年回家，才知道他的大名，他现在还活着，一字不识；另一个叫哑巴小（意思是哑巴的儿子），我到现在也没有弄清楚他姓字名谁。我们三个天天在一起玩，浮水、打枣、捉知了、摸虾，不见不散，一天也不间断。后来听说哑巴小当了山大王，练就了一身蹿房越脊的惊人本领，能用手指抓住大庙的椽子，浑身悬空，围绕大殿走一周。有一次被捉住，是十冬腊月，赤身露体，浇上凉水，被捆起来，倒挂一夜，仍然能活着。据说他从来不到官庄来作案，"兔子不吃窝边草"，这是绿林英雄的义气。后来终于被捉杀掉。我每次想到这样一个光着屁股游玩的小伙伴竟成为这样一个"英雄"，就颇有骄傲之意。

我在故乡只待了六年，我能回忆起来的事情还多得很，但是我不想再写下去了。已经到了同我那一个一片灰黄的故乡告别的时候了。

我六岁那一年，是在春节前夕，公历可能已经是1917年，我离开父母，离开故乡，是叔父把我接到济南去的。叔父此时大概日子已经可以了，他兄弟俩只有我一个男孩子，想把我培养成人，将来能光大门楣，只有到济南去一条路。这可以说是我一生中最关键的一个转折点，否则我今天仍然会在故乡种地（如果我能活着的话），这当然算是一件好事。但是好事也会有成为坏事的时候。"文化大革命"中间，我曾有几次想到：如果我叔父不把我从故乡接到济南的话，我总能过一个浑浑噩噩但却舒舒服服的日子，哪能被"革命家"打倒在地，身上踏上一千只脚还要永世不得翻身呢？呜呼，世事多变，人生易老，真叫做没有法子！

到了济南以后，过了一段难过的日子。一个六七岁的孩子离开母亲，他心里会是什么滋味，非有亲身经历者，实难体会。我曾有几次从梦里哭着醒来。尽管此时不但能吃上白面馒头，而且还能吃上肉；但是我宁愿再啃红高粱饼子就苦咸菜。这种愿望当然只是一个幻想。我毫无办法，久而久之，也就习以为常了。

叔父望子成龙，对我的教育十分关心。先安排我在一个私塾里学习。老师是一个白胡子老头，面色严峻，令人见而生畏。每天入学，先向孔子牌位行礼，然后才是"赵钱孙李"。大约就在同时，叔父又把我送到一师附小去念书。这个地方在旧城墙里面，街名叫升官街，看上去很堂皇，实际上"官"者"棺"也，整条街都是做棺材的。此时五四运动大概已经起来了。校长是一师校长兼任，他是山东得风气之先的人物，在一个小学生眼里，他是一个大人物，轻易见不到面。想不到在十几年以后，我大学毕业到济南高中去教书的时候，我们俩竟成了同事，他是历史教员。我执弟子礼甚恭，他则再三逊谢。我当时觉得，人生真是变幻莫测啊！

因为校长是维新人物，我们的国文教材就改用了白话。

教科书里面有一段课文,叫做《阿拉伯的骆驼》。故事是大家熟知的。但当时对我却是陌生而又新鲜,我读起来感到非常有趣味,简直是爱不释手。然而这篇文章却惹了祸。有一天,叔父翻看我的课本,我只看到他蓦地勃然变色。"骆驼怎么能说人话呢?"他愤愤然了,"这个学校不能念下去了,要转学!"

于是我转了学。转学手续比现在要简单得多,只经过一次口试就行了。而且口试也非常简单,只出了几个字叫我们认。我记得字中间有一个"骡"字,我认出来了,于是定为高一。一个比我大两岁的亲戚没有认出来,于是定为初三。为了一个字,我沾了一年的便宜。这也算是轶事吧。

这个学校靠近南圩子墙,校园很空阔,树木很多。花草茂密,景色算是秀丽的。在用木架子支撑起来的一座柴门上面,悬着一块木匾,上面刻着四个大字:"循规蹈矩。"我当时并不懂这四个字的含义,只觉得笔画多得好玩而已。我就天天从这个木匾下出出进进,上学,游戏。当时立匾者的用心到了后来我才了解,无非是想让小学生规规矩矩做好孩子而已。但是用了四个古怪的字,小孩子谁也不懂,结果形同虚设,多此一举。

我"循规蹈矩"了没有呢?大概是没有。我们有一个珠算教员,眼睛长得凸了出来,我们给他起了一个绰号,叫做shao-qianr(济南话,意思是知了)。他对待学生特别蛮横。打算盘,错一个数,打一板子。打算盘错上十个八个数,甚至上百数,是很难避免的。我们都挨了不少的板子。不知是谁一嘀咕："我们架（小学生的行话，意思是赶走）他！"立刻得到大家的同意。我们这一群十岁左右的小孩子也要"造反"了。大家商定：他上课时，我们把教桌弄翻，然后一起离开教室，躲在假山背后。我们自己认为这个锦囊妙计实在非常高明；如果成功了，这位教员将无颜见人，非卷铺盖回家不可。然而我们班上出了"叛徒"，虽然只有几个人，他们想拍老师的马屁，没有离开教室。这一来，大大长了老师的气焰，他知道自己还有"群众"，于是威风大振，把我们这一群不知天高地厚的"叛逆者"狠狠地用大竹板打手心打了一阵，我们每个人的手都肿得像发面馒头。然而没有一个人掉泪。我以后每次想到这一件事，觉得很可以写进我的"优胜纪略"中去。"革命无罪，造反有理"，如果当时就有那一位伟大的"革命家"创造了这两句口号，那该有多么好呀！

　　谈到学习，我记得在三年之内，我曾考过两个甲等第三（只有三名甲等），两个乙等第一，总起来看，属于上等；但是并不拔尖。实际上，我当时并不用功，玩的时候多，念书的时候少。我们班上考甲等第一的叫李玉和，年年都是第一。他比我大五六岁，好像已经很成熟了，死记硬背，刻苦努力，天天皱着眉头，不见笑容，也不同我们打闹。我从来就是少无大志，一点也不想争那个状元。但是我对我这一位老学长并无敬意，还有点瞧不起的意思，觉得他是非我族类。

　　我虽然对正课不感兴趣，但是也有我非常感兴趣的东西，那就是看小说。我叔父是古板人，把小说叫做"闲书"，闲书是不许我看的。在家里的时候，我书桌下面有一个盛白面的大缸，上面盖着一个用高粱秆编成的"盖垫"（济南话）。我坐在桌旁，桌上摆着四书，我看的却是《彭公案》《济公传》《西游记》《三国演义》等旧小说。《红楼梦》大概太深，我看不懂其中的奥妙，黛玉整天价哭哭啼啼，为我所不喜，因此看不下去。其余的书都是看得津津有味。冷不防叔父走了进来，我就连忙掀起盖垫，把闲书往里一丢，嘴巴里念起"子曰""诗云"来。

到了学校里，用不着防备什么，一放学，就是我的天下。我往往躲到假山背后，或者一个盖房子的工地上，拿出闲书，狼吞虎咽似的大看起来。常常是忘记了时间，忘记了吃饭，有时候到了天黑，才摸回家去。我对小说中的绿林好汉非常熟悉，他们的姓名背得滚瓜烂熟，连他们用的兵器也如数家珍，比教科书熟悉多了，自己当然也希望成为那样的英雄。有一回，一个小朋友告诉我，把右手五个指头往大米缸里猛戳，一而再，再而三，一直到几百次，上千次。练上一段时间以后，再换上沙粒，用手猛戳，最终可以练成铁砂掌，五指一戳，能够戳断树木。我颇想有一个铁砂掌，信以为真，猛练起来，结果把指头戳破了，鲜血直流。知道自己与铁砂掌无缘，遂停止不练。

学习英文，也是从这个小学开始的。当时对我来说，外语是一种非常神奇的东西。我认为，方块字是天经地义，不用方块字，只弯弯曲曲像蚯蚓爬过的痕迹一样，居然能发出音来，还能有意思，简直是不可思议。越是神秘的东西，便越有吸引力。英文对于我就有极大的吸引力。我万没有想到望之如海市蜃楼般的可望而不可即的东西竟然唾手可得了。我现在已经记不清楚,学习的机会是怎么来的。大概是有一位教员会一点英文,他答应晚上教一点,可能还要收点学费。总之,一个业余英文学习班很快就组成了,参加的大概有十几个孩子。究竟学了多久,我已经记不清楚,时候好像不太长,学的东西也不太多,二十六个字母以后,学了一些单词。我当时有一个非常伤脑筋的问题:为什么"是"和"有"算是动词,它们一点也不动嘛?当时老师答不上来;到了中学,英文老师也答不上来。当年用"动词"来译英文的Verb的人,大概不会想到他这个译名惹下的祸根吧。

每次回忆学习英文的情景时,我眼前总有一团零乱的花影,是绛紫色的芍药花。原来在校长办公室前的院子里有几个花畦,春天一到,芍药盛开,都是绛紫色的花朵。白天走过那里,紫花绿叶,极为分明。到了晚上,英文课结束后,再走过那个院子,紫花与绿花化成一个颜色,朦朦胧胧的一堆一团,因为有白天的印象,所以还知道它们的颜色。但夜晚眼前却只能看到花影,鼻子似乎有点花香而已。这一幅情景伴随了我一生,只要是一想起学习英文,这一幅美妙无比的情景就浮现到眼前来,带给我无量的幸福与快乐。

然而时光像流水一般飞逝,转瞬三年已过:我小学该毕业了,我要告别这一个美丽的校园了。我十三岁那一年,考上了城里的正谊中学。我本来是想考鼎鼎大名的第一中学的。但是我左衡量,右衡量,总觉得自己这一块料分量不够,还是考与"烂育英"齐名的"破正谊"吧。我上面说到我幼无大志，这又是一个证明。正谊虽"破"，风景却美。背靠大明湖，万顷苇绿，十里荷香，不啻人间乐园。然而到了这里，我算是已经越过了童年，不管正谊的学习生活多么美妙，我也只好搁笔，且听下回分解了。

综观我的童年，从一片灰黄开始，到了正谊算是到达了一片浓绿的境界——我进步了。但这只是从表面上来看，从生活的内容上来看，依然是一片灰黄。即使到了济南，我的生活也难找出什么有声有色的东西。我从来没有什么玩具，自己把细铁条弄成一个圈，再弄个钩一推，就能跑起来，自己就非常高兴了。贫困、单调、死板、固执，是我当时生活的写照。接受外面信息，仅凭五官。什么电视机、收录机，连影都没有。我小时连电影也没有看过，其余概可想见了。

今天的儿童有福了。他们有多少花样翻新的玩具呀！他们有多少儿童乐园、儿童活动中心呀！他们饿了吃面包，渴了喝这可乐、那可乐，还有牛奶、冰激凌。电影看厌了，看电视。广播听厌了，听收录机。信息从天空、海外，越过高山大川，纷纷蜂拥而来。他们才真是"儿童不出门，便知天下事"。可是他们偏偏不知道旧社会。就拿我来说，如果不认真回忆，我对旧社会的情景也逐渐淡漠，有时竟淡如云烟了。

今天我把自己的童年尽可能真实地描绘出来，不管还多么不全面，不管怎样挂一漏万，也不管我的笔墨多么拙笨，就是上面写出来的那些，我们今天的儿童读了，不是也可以从中得到一点启发，从中悟出一些有用的东西来吗？

我的家

我曾经有过一个温馨的家。那时候,老祖和德华都还活着,她们从济南迁来北京,我们住在一起。

老祖是我的婶母,全家都尊敬她,尊称之为老祖。她出身中医世家,人极聪明,很有心计。从小学会了一套治病的手段。有家传治白喉的秘方,治疗这种十分危险的病,十拿十稳,手到病除。因自幼丧母,没人替她操心,耽误了出嫁的黄金时刻,成了一位山东话称之为"老姑娘"的人。年近四十,才嫁给了我叔父,做续弦的妻子。她心灵中经受的痛苦之剧烈,概可想见。然而她是一个十分坚强的人,从来没有对人流露过,实际上,作为一个丧母的孤儿,又能对谁流露呢?

德华是我的老伴,是奉父母之命,通过媒妁之言同我结婚的。她只有小学水平,认了一些字,也早已还给老师了。她是一个真正善良的人,一生没有跟任何人闹过对立,发过脾气。她也是自幼丧母的,在她那堂姊妹兄弟众多的、生计十分困难的大家庭里,终日愁米愁面,当然也受过不少的苦,没有母亲这一把保护伞,有苦无处诉,她的青年时代是在愁苦中度过的。

至于我自己,我虽然不是自幼丧母,但是,六岁就离开母亲,没有母爱的滋味,我尝得透而又透。我大学还没有毕业,母亲就永远离开了我,这使我抱恨终天,成为我的"永久的悔"。我的脾气,不能说是暴躁,而是急躁。想到干什么,必须立即干成,否则就坐卧不安。我还不能说自己是个坏人,因为,除了为自己考虑外,我还能为别人考虑。我坚决反对曹操的"宁教我负天下人,不教天下人负我"。

就是这样三个人组成了一个家庭。

为什么说是一个温馨的家呢?首先是因为我们家六十年来没有吵过一次架,甚至没有红过一次脸。我想,这即使不能算是绝无仅有,也是极为难能可贵的。把这样一个家庭称之为温馨不正是恰如其分吗?其中也不是没有原因的。

我们全家都尊敬老祖,她是我们家的功臣。正当我们家经济濒于破产的时候,从天上掉下一个馅儿饼来:我获得一个到德国去留学的机会。我并没有什么凌云的壮志,只不过是想苦熬两年,镀上一层金,回国来好抢得一只好饭碗,如此而已。焉知两年一变而成了十一年。如果不是老祖苦苦挣扎,摆过小摊,卖过破烂,勉强让一老,我的叔父;二中,老祖和德华;二小,我的女儿和儿子,能够有一口饭吃,才得度过灾难。否则,我们家早已家破人亡了。这样一位大大的功臣,我们焉能不尊敬呢?

如果真有"毫不利己,专门利人"的人的话,那就是老祖和德华。她们忙忙叨叨买菜、做饭,等到饭一做好,她俩却坐在旁边看着我们狼吞虎咽,自己只吃残羹剩饭。这逼得我不得不从内心深处尊敬她们。

我们曾经雇过一个从安徽来的年轻女孩子当小时工,她姓杨,我们都管她叫小杨,是一个十分温顺、诚实、少言寡语的女孩子。每天在我们家干两小时的活,天天忙得没有空闲时间。我们家的两个女主人经常在午饭的时候送给小杨一个热馒头,夹上肉菜,让她吃了当午饭,立即到别的家去干活。有一次,小杨背上长了一个疮,老祖是医生,懂得其中的道理。据她说,疮长在背上,如凸了出来,这是良性的,无大妨碍。如果凹了进去,则是民间所谓的大背疮,古书上称之为疽,是能要人命的。当年范增"疽发背死",就是这种疮。小杨患的也恰恰是这种疮。于是,小杨每天到我们家来,不是干活,而是治病,主治大夫就是老祖,德华成了助手。天天挤脓、上药,忙完整整两小时,小杨再到别的家去干活。最后,奇迹出现了,过了几个月,小杨的疽完全好了。老祖始终没有告诉她这种疮的危险性。小杨离开北京回到安徽老家以后,还经常给我们来信,可见我们家这两位女主人之恩,使她毕生难忘了。

我们的家庭成员,除了"万物之灵"的人以外,还有几个并非万物之灵的猫。我们养的第一只猫,名叫虎子,脾气真像是老虎,极为暴烈。但是,对我们三个人却十分温顺,晚上经常睡在我的被子上。晚上,我一上床躺下,虎子就和另外一只名叫猫咪的猫,连忙跳上床来,争夺我脚头上那一块地盘,沉沉地压在那里。如果我半夜里醒来,觉得脚头上轻轻的,我知道,两只猫都没有来,这时我往往难再入睡。

在白天，我出去散步，两只猫就跟在我后面，我上山，它们也上山；我下来，它们也跟着下来。这成为燕园中一道著名的风景线，名传遐迩。

这难道不是一个温馨的家庭吗？

然而，光阴如电光石火，转瞬即逝。到了今天，人猫俱亡，我们的家庭只剩下了我一个人，形单影只，过了一段寂寞凄苦的生活。

然而，天无绝人之路。隔了不久，我的同事，我的朋友，我的学生，了解到我的情况之后，立刻伸出了爱援之手，使我又萌生了活下去的勇气。其中有一位天天到我家来"打工"，为我操吃操穿，读信念报，招待来宾，处理杂务，不是亲属，胜似亲属。让我深深感觉到，人间毕竟是温暖的，生活毕竟是"美丽的"（我讨厌这个词儿，姑一用之）。如果没有这些友爱和帮助，我恐怕早已登上了八宝山，与人世"拜拜"了。

那些非万物之灵的家庭成员如今数目也增多了。我现在有四只纯种的，从家乡带来的波斯猫，活泼、顽皮，经常挤入我的怀中，爬上我的脖子。其中一只，尊号毛毛四世的小猫，正在爬上我的脖子，被一位摄影家在不到半秒钟的时间内抢拍了一个镜头，赫然登在《人民日报》上，受到了许多人的赞扬，成为蜚声猫坛的一只世界名猫。

眼前，虽然我们家只剩下我一个孤家寡人，你难道能说这不是一个温馨的家吗？

2000年11月5日

我写"我"

我写"我",真是一个绝妙的题目,但是,我的文章却不一定妙,甚至很不妙。

每一个人都有一个"我",两者亲密无间,因为实际上是一个东西。按理说,人对自己的"我"应该是十分了解的,然而,事实上却不尽然。依我看,大部分人是不了解自己的,都是自视过高的。这在人类历史上竟成了一个哲学上的大问题。否则古希腊哲人发出狮子吼:"要认识你自己!"岂不成了一句空话吗?

我认为,我是认识自己的,换句话说,是有点自知之明的。我经常像鲁迅先生说的那样剖析自己。然而结果并不美妙,我剖析得有点过了头,我的自知之明过了头,有时候真感到自己一无是处。

这表现在什么地方呢?

拿写文章作一个例子。专就学术文章而言,我并不认为"文章是自己的好"。我真正满意的学术论文并不多。反而别人的学术文章,包括一些青年后辈的文章在内,我觉得是好的。为什么会出现这种心情呢?我还没得到答案。

再谈文学作品。在中学时候，虽然小伙伴们曾赠我一个"诗人"的绰号，实际上我没有认真写过诗。至于散文，则是写的，而且已经写了六十多年。加起来也有七八十万字了。然而自己真正满意的也屈指可数。在另一方面，别人的散文就真正觉得好的也十分有限。这又是什么原因呢？我也还没得到答案。

在品行的好坏方面，我有自己的看法。什么叫好？什么又叫坏？我不通伦理学，没有深邃的理论，我只能讲几句大白话。我认为，只替自己着想，只考虑个人利益，就是坏。反之能替别人着想，考虑别人的利益，就是好。为自己着想和为别人着想，后者能超过一半，他就是好人。低于一半，则是不好的人；低得过多，则是坏人。

拿这个尺度来衡量一下自己，我只能承认自己是一个好人。我尽管有不少的私心杂念，但是总起来看，我考虑别人的利益还是多于一半的。至于说真话与说谎，这当然也是衡量品行的一个标准。我说过不少谎话，因为非此则不能生存。但是我还是敢于讲真话的，我的真话总是大大地超过谎话。因此我是一个好人。

我这样一个自命为好人的人，生活情趣怎样呢？我是一个感情充沛的人，也是兴趣不老少的人。然而事实上生活了八十年以后，到头来自己都感到自己枯燥乏味，干干巴巴，好像是一棵枯树，只有树干和树枝，而没有一朵鲜花，一片绿叶。自己搞的所谓学问，别人称之为"天书"。自己写的一些专门的学术著作，别人视之为神秘。年届耄耋，过去也曾有过一些幻想,想在生活方面改弦更张,减少一点枯燥,增添一点滋润,在枯枝粗干上开出一点鲜花,长上一点绿叶;然而直到今天,仍然是忙忙碌碌,有时候整天连轴转,"为他人做嫁衣裳",而且退休无日,路穷有期,可叹亦复可笑!

我这一生,同别人差不多,阳关大道,独木小桥,都走过跨过。坎坎坷坷,弯弯曲曲,一路走了过来。我不能不承认,我运气不错,所得到的成功,所获得的虚名,都有点名不符实。在另一方面,我的倒霉也有非常人所可得者。在那骇人听闻的所谓什么"大革命"中,因为敢于仗义执言,几乎把老命赔上。皮肉之苦也是永世难忘的。

现在,我的人生之旅快到终点了。我常常回忆八十年来的历程,感慨万端。我曾问过自己一个问题:如果真有那么一个造物主,要加恩于我,让我下一辈子还转生为人,我是不是还走今生走的这一条路?经过了一些思虑,我的回答是:还要走这一条路。但是有一个附带条件:让我的脸皮厚一点,让我的心黑一点,让我考虑自己的利益多点,让我自知之明少一点。

我的书斋

最近身体不太好。内外夹攻,头绪纷繁,我这已届耄耋之年的神经有点吃不消了。于是下定决心,暂且封笔。乔福山同志打来电话,约我写点什么。我遵照自己的决心,婉转拒绝。但一听这题目是"我的书斋",于我心有戚戚焉,立即精神振奋,暂停决心,拿起笔来。

我确实有个书斋,我十分喜爱我的书斋,这个书斋是相当大的,大小房间,加上过厅、厨房,还有封了顶的阳台,大大小小,共有八个单元。册数从来没有统计过,总有几万册吧。在北大教授中,"藏书状元"我恐怕是当之无愧的。而且在梵文和西文书籍中,有一些堪称海内孤本。我从来不以藏书家自命,然而坐拥如此大的书城,心里能不沾沾自喜吗?

我的藏书都像是我的朋友,而且是密友。我虽然对它们并不是每一本都认识,它们中的每一本却都认识我。我每一走进我的书斋,书籍们立即活跃起来,我仿佛能听到它们向我问好的声音,我仿佛能看到它们向我招手的情景。倘若有人问我,书籍的嘴在什么地方?而手又在什么地方呢?我只能说:"你的根器太浅,努力修持吧。有朝一日,你会明白的。"

我兀坐在书城中,忘记了尘世的一切不愉快的事情,怡然自得。以世界之广,宇宙之大,此时却仿佛只有我和我的书友存在。窗外粼粼碧水,丝丝垂柳,阳光照在玉兰花的肥大的绿叶子上,这都是我平常最喜爱的东西,现在也都视而不见了。连平常我喜欢听的鸟鸣声"光棍儿好过",也听而不闻了。

我的书友每一本都蕴含着无量的智慧。我只读过其中的一小部分,这智慧我是能深深体会到的。没有读过的那一些,好像也不甘落后,它们不知道是施展一种什么神秘的力量,把自己的智慧放了出来,像波浪似涌向我来。可惜我还没有修炼到能有"天眼通"和"天耳通"的水平,我还无法接受这些智慧之流。如果能接受的话,我将成为世界上古往今来最聪明的人。我自己也去努力修持吧。

我的书友有时候也让我窘态毕露。我并不是一个不爱清洁和秩序的人,但是,因为事情头绪太多,脑袋里考虑的学术问题和写作问题也不少,而且每天都收到大量的寄来的书籍和报刊以及信件,转瞬之间就摞成一摞。在这样的情况下,如果我需要一本书,往往是遍寻不得。"只在此屋中,书深不知处",急得满头大汗,也是枉然。只好到图书馆去借,等我把文章写好,把书送还图书馆后,无意之间,在一摞书中,竟找到了我原来要找的书,"得来全不费工夫",然而晚了,工夫早已费过了。我啼笑皆非,无可奈何。等到用另外一本书时，再重演一次这出喜剧。我知道，我要寻找的书友，看到我急得那般模样，会大声给我打招呼的，但是喊破了嗓子，也无济于事。我还没有修持到能听懂书的语言的水平。我还要加倍努力去修持。我有信心，将来一定能获得真正的"天眼通"和"天耳通"。只要我想要哪一本书，那一本书就会自己报出所在之处，我一伸手，便可拿到，如探囊取物。这样一来，文思就会像泉水般地喷涌，我的笔变成了生花妙笔，写出来的文章会成为天下之至文。到了那时，我的书斋里会充满了没有声音的声音，布满了没有形象的形象。我同我的书友们能够自由地互通思想，交流感情。我的书斋会成为宇宙间第一神奇的书斋，岂不猗欤休哉！

我盼望有这样一个书斋。

我的老师们

在深切怀念我的两个不在眼前的母亲的同时,在我眼前那一些德国老师们,就越发显得亲切可爱了。

在德国老师中同我关系最密切的当然是我的Doktor Vater(博士父亲)瓦尔德施米特教授。我同他初次会面的情景,我在以前已经讲了一点。他给我的第一个印象是,他非常年轻。他的年龄确实不算太大,同我见面时,大概还不到四十岁吧。他穿一身厚厚的西装,面孔是孩子似的面孔。我个人认为,他待人还是彬彬有礼的。德国教授多半都有点教授架子,这是他们的社会地位和经济地位所决定的,是不以人的意志为转移的。后来听说,在我以后的他的学生们都认为他很严厉。据说有一位女士把自己的博士论文递给他,他翻看了一会儿,一下子把论文摔到地下,愤怒地说道:"Das ist aber alles Mist!"(这全是垃圾,全是胡说八道!)这位小姐从此耿耿于怀,最终离开了哥廷根。

我跟他学了十年,应该说,他从来没有对我发过脾气。他教学很有耐心,梵文语法抠得很细。不这样是不行的,一个字多一个字母或少一个字母,意义方面往往差别很大。我以后自己教学生，也学他的榜样，死抠语法。他的教学法是典型的德国式的。记得是德国19世纪的伟大东方语言学家埃瓦尔德（Ewald）说过一句话："教语言比如教游泳，把学生带到游泳池旁，把他往水里一推，不是学会游泳，就是淹死，后者的可能是微乎其微的。"瓦尔德施米特采用的就是这种教学法。第一二两堂，念一念字母。从第三堂起，就读练习，语法要自己去钻。我最初非常不习惯，准备一堂课，往往要用一天的时间。但是，一个学期四十多堂课，就读完了德国梵文学家施滕茨勒（Stenzler）的教科书，学习了全部异常复杂的梵文文法，还念了大量的从梵文原典中选出来的练习。这个方法是十分成功的。

瓦尔德施米特教授的家庭，最初应该说是十分美满的。夫妇两人，一个上中学的十几岁的儿子。有一段时间，我帮助他翻译汉文佛典，常常到他家去，同他全家一同吃晚饭，然后工作到深夜。餐桌上没有什么人多讲话，安安静静。有一次他笑着对儿子说道："家里来了一个中国客人，你明天大概要在学校里吹嘘一番吧？"看来他家里的气氛是严肃有余，活泼不足。他夫人也是一个不大爱说话的人。

后来，大战一爆发，他自己被征从军，是一个什么军官。不久，他儿子也应征入伍。过了不太久，从1941年冬天起，东部战线胶着不进，相持不下，但战斗是异常激烈的。他们的儿子在北欧一个国家阵亡了。我现在已经忘记了，夫妇俩听到这个噩耗时反应如何。按理说，一个独生子幼年战死，他们的伤心可以想见。但是瓦尔德施米特教授是一个十分刚强的人,他在我面前从未表现出伤心的样子,他们夫妇也从未同我谈到此事。然而活泼不足的家庭气氛,从此更增添了寂寞冷清的成分,这是完全可以想象的了。

在瓦尔德施米特被征从军后的第一个冬天,他预订的大剧院的冬季演出票,没有退掉。他自己不能观看演出,于是就派我陪伴他夫人观看,每周一次。我吃过晚饭,就去接师母,陪她到剧院。演出有歌剧,有钢琴独奏,有小提琴独奏,等等,演员都是外地或国外来的,都是赫赫有名的人物。剧场里灯火辉煌,灿如白昼;男士们服装笔挺,女士们珠光宝气,一片升平祥和气象。我不记得在演出时遇到空袭,因此不知道敌机飞临上空时场内的情况。但是散场后一走出大门,外面是完完全全的另一个世界,顶天立地的黑暗,由于灯火管制,不见一缕光线。我要在这任何东西都看不到的黑暗中,送师母摸索着走很长的路到山下她的家中。一个人在深夜回家时,万籁俱寂,走在宁静的长街上,只听到自己脚步的声音,跫然而喜。但此时正是乡愁最浓时。

我想到的第二位老师是西克(Sieg)教授。

他的家世,我并不清楚。到他家里,只见到老伴一人,是一个又瘦又小的慈祥的老人。子女或什么亲眷,从来没有见过。看来是一个非常孤寂清冷的家庭,尽管老夫妇情好极笃,相依为命。我见到他时,他已经早越过了古稀之年。他是我平生所遇到的中外各国的老师中对我最爱护、感情最深、期望最大的老师。一直到今天,只要一想到他,我的心立即剧烈地跳动,老泪立刻就流满全脸。他对我传授知识的情况,以前已经讲了一点，下面还要讲到。在这里我只讲我们师徒两人相互间感情深厚的一些情况。为了存真起见，我仍然把我当时的一些日记，一字不改地抄在下面：

1940 年 10 月 13 日

昨天买了一张 Prof. Sieg 的相片，放在桌子上，对着自己。这位老先生我真不知道应该怎样感激他，他简直有父亲或者祖父一般的慈祥。我一看到他的相片，心里就生出无穷的勇气，觉得自己对梵文应该拼命研究下去，不然简直对不住他。

1941 年 2 月 1 日

5 点半出来，到 Prof. Sieg 家里去。他要替我交涉增薪，院长已答应。这真是意外的事。我真不知道应该怎样感谢这位老人家，他对我好得真是无微不至，我永远不会忘记！

原来他发现我生活太清苦，亲自找文学院长，要求增加我的薪水。其实我的薪水是足够用的，只因我枵腹买书，所以就显得清苦了。

1941 年，我一度想设法离开德国回国。我在 10 月 29 日的日记里写道：

11 点半，Prof. Sieg 去上课。下了课后，我同他谈到我要离开德国，他立刻兴奋起来，脸也红了，说话也有点震颤了。他说，他预备将来替我找一个固定的位置，好让我继续在德国住下去，万没想到我居然想走。他劝我无论如何不要走，他要替我设法同 Rektor（大学校长）说，让我得到津贴，好出去休养一下。他简直要流泪的样子。我本来心里还有点迟疑，现在又动摇起来了。一离开德国，谁知道哪一年再能回来，能不能回来？这位像自己父亲一般替自己操心的老人十九是不能再见了。我本来容易动感情，现在更制不住自己，很想哭上一场。

像这样的情况，日记里还有一些，我不再抄录了。仅仅这三则，我觉得，已经完全能显示出我们之间的关系了。

我想到的第三位老师是斯拉夫语言学教授布劳恩（Braun）。他父亲生前在莱比锡大学担任斯拉夫语言学教授，他可以说是家学渊源，能流利地说许多斯拉夫语。我见他时，他年纪还轻，还不是讲座教授。由于年龄关系，他也被征从军。但根本没有上过前线，只是担任翻译，是最高级的翻译。苏联一些高级将领被德军俘虏，希特勒等法西斯头子要亲自审讯，想从中挖取超级秘密。担任翻译的就是布劳恩教授，其任务之重要可想而知。他每逢休假回家的时候，总高兴同我闲聊他当翻译时的一些花絮，很多是德军和苏军内部最高领导层的真实情况。他几次对我说，苏军的大炮特别厉害，德国难望其项背。这是德国方面从来没有透露过的极端机密，给我留下了深刻的印象。

他的家庭十分和美。他有一位年轻的夫人，两个男孩子，大的叫安德烈亚斯，约有五六岁，小的叫斯蒂芬，只有二三岁。斯蒂芬对我特别友好，我一到他家，他就从远处飞跑过来，扑到我的怀里。他母亲教导我说："此时你应该抱住孩子，身上转上两三圈，小孩子最喜欢这玩意儿！"教授夫人很和气，好像有点愣头愣脑，说话直爽，但有时候没有谱儿。

布劳恩教授的家离我住的地方很近，走二三分钟就能走到。因此，我常到他家里去玩。他有一幅中国古代的刺绣，上面绣着五个大字：时有溪山兴。他要我翻译出来。从此他对汉文产生了兴趣，自己买了一本汉德字典，念唐诗。他把每一个字都查出来，居然也能讲出一些意思。我给他改正，并讲一些语法常识。对汉语的语法结构，他觉得既极怪而又极有理，同他所熟悉的印欧语系语言迥乎不同。他认为，汉语没有形态变化，也可能是优点，它能给读者以极大的联想、自由，不像印欧语言那样被形态变化死死地捆住。

他是一个多才多艺的人，擅长油画。有一天，他忽然建议要给我画像。我自然应允了，于是有比较长的一段时间，我天天到他家里去，端端正正地坐在那里，当模特儿。画完了以后，他问我的意见。我对画不是内行，但是觉得画得很像我，因此就很满意了。在科学研究方面，他也表现了他的才艺。他的文章和专著都不算太多，他也不搞德国学派的拿手好戏：语言考据之学。用中国的术语来说，他擅长义理。他有一本讲19世纪沙俄文学的书，就是专从义理方面着眼，把列·托尔斯泰和陀斯妥也夫斯基列为两座高峰，而展开论述，极有独特的见解,思想深刻,观察细致,是一部不可多得的著作。可惜似乎没有引起多少注意,我都觉得有寂寞冷落之感。

总之,布劳恩教授在哥廷根大学是颇为不得志的。正教授没有份儿,哥廷根科学院院士更不沾边儿。有一度,他告诉我,斯特拉斯堡大学有一个正教授缺了人,他想去,而且把我也带了去。后来不知为什么,没有实现。一直到四十多年以后我重新访问西德时,我去看他,他才告诉我,他在哥廷根大学终于得到了一个正教授的讲座,他认为可以满意了。然而他已经老了,无复年轻时的潇洒英俊。我一进门他第一句话说是:"你晚来了一点,她已经在月前去世了!"我知道他指的是谁,我感到非常悲痛。安德烈亚斯和斯蒂芬都长大了,不在身边。老人看来也是冷清寂寞的。在西方社会中,失掉了实用价值的老人,大多如此。我欲无言了。去年听德国来人说,他已经去世。我谨以心香一瓣,祝愿他永远安息!

我想到的第四位德国老师是冯・格林(Dr. Von Crimm)博士。据说他是来自俄国的德国人,俄文等于是他的母语。在大学里,他是俄文讲师。大概是因为他从来没有发表过什么学术论文,所以连副教授的头衔都没有。在德国,不管你外语多么到家,只要没有学术著作,就不能成为教授。工龄长了,工资可能很高,名位却不能改变。这一点同中国是很不一样的。中国教授贬值,教授膨胀,由来久矣。这也算是中国的"特色"吧。反正冯・格林始终只是讲师。他教我俄文时已经白发苍苍,心里总好像是有一肚子气,终日郁郁寡欢。他只有一个老伴,他们就住在高斯-韦伯楼的三楼上。

屋子极为简陋。老太太好像终年有病，不大下楼。但心眼极好，听说我患了神经衰弱症，夜里盗汗，特意送给我一个鸡蛋，补养身体。要知道，当时一个鸡蛋抵得上一个元宝，在饿急了的时候，鸡蛋能吃，而元宝则不能。这一番情意，我异常感激。冯·格林博士还亲自找到大学医院的内科主任沃尔夫（Wolf）教授，请他给我检查。我到了医院，沃尔夫教授仔仔细细地检查过以后，告诉我，这只是神经衰弱，与肺病毫不相干。这一下子排除了我的一块心病，如获重生，这更增加了我对这两位孤苦伶仃的老人的感激。离开德国以后，没有能再见到他们，想他们早已离开人世了，却永远活在我的心中。

  我回想起来的老师当然不限于以上四位，比如阿拉伯文教授冯·素顿（Von Soden）、英文教授勒德（Roeder）和怀尔德（Wilde）、哲学教授海泽（Heyse）、艺术史教授菲茨图姆（Vitzhum）侯爵、德文教授麦伊（May）、伊朗语教授欣茨（Hinz），等等，我都听过课或有过来往，他们待我亲切和蔼，我都永远不会忘记。我在这里就不一一叙述了。

师生之间

我前后在北京住了二十多年,前一段是当学生,后一段是当老师,一直当到现在,而且看样子还要当下去。因此,如果有人问我,抚今追昔,在北京什么事情使我感触最深,我首先想到的就是师生之间的关系。

师生之间的关系是古老的关系了。在过去,曾把老师归入五伦;又把老师与天、地、君、亲并列,师道尊严可谓至矣尽矣。至于实际情况究竟怎样,余生也晚,没有亲身赶上,不敢乱说。

等到我上小学的时候,学校已经改成了新式的学校,不是从《百家姓》《三字经》念起,而是念人、手、足、刀、尺了。表面上,学生对老师还是很尊敬的。见了面,老远就鞠躬如也,像避猫鼠似的躲在一旁。从来也不给老师提什么意见,那在当时是不可能想象的。老师对学生是严厉的,"教不严,师之惰",不严还能算是老师吗?结果是学生经常受到体罚,用手拧耳朵,用戒尺打手心,是最常用的方式。学生当然也有受不了的时候。于是,连十二三岁的中小学生也只好铤而走险,起来"革命"了。

我在中小学的时候，曾"革命"两次。一次是对一个图画教员。这人脾气暴烈，伸手就打人。结果我们全班团结一致，把教桌倒翻过来，向他示威。他知难而退，自己辞职不干了。这是一次成功的"革命"。另一次是对一个珠算教员。这人嗜打成性。他有一个规定，打算盘打错一个数打一戒尺。有时候，我们稍不小心就会错上成百的数，那后果就不堪设想了。我们决定全班罢课。可是，因为出了"叛徒"，有几个人留在班上上课。我们失败了，每个人的手心被打得肿了好几天。

到了大学，情况也并没有改变。因为究竟是大学生了，再不被打手心，可是老师的威风依然炙手可热。有一位教授专门给学生不及格。每到考试，他先定下一个不及格的指标，不管学生成绩怎样，指标一定要完成。他因此就名扬全校，成了"名教授"了。另一位教授正相反。他考试时预先声明，十题中答五题就及格，多答一题加十分。实际上他根本不看卷子，学生一交卷，他马上打分。无不及格，皆大欢喜。如果有人在他面前多站一会儿，他立刻就问："你嫌少吗？"于是大笔一挥，再加十分。

至于教学态度，好像当时根本就没有这样的概念。教学大纲和教案，更是闻所未闻。教授上堂，可以信口开河。谈天气，可以；骂人，可以；讲掌故，可以；扯闲话，可以。总之，他愿意怎样就怎样，天上天下，唯我独尊，谁也管不着。有的老师竟能在课堂上睡着。有的上课一年，不和同学说一句话。有的在八个大学兼课，必须制订一个轮流请假表，才能解决上课冲突的矛盾。当然并不是每一个教授都是这样，勤勤恳恳诲人不倦的也有。但是这种例子是很少的。

老师这样对待学生，学生当然也这样对待老师。师生不是互相利用，就是互相敌对。老师教书为了吃饭，或者升官发财。学生念书为了文凭。师生关系，说穿了就是这样。

终于来了1949年。这是北京师生关系史上划时代的一年，是值得大书特书的一年。

从这一年起，老师在变，学生在变，师生关系也在变。十四年来，我不知道经历过多少令人赞叹感动的事情。我不知道有多少夜因欢喜而失眠。当我听到我平常很景仰的一位老先生在七十高龄光荣地参加中国共产党的时候，我曾喜极不寐。当我听到从前我的一位十分固执倔强的老师受到表扬的时候，我曾喜极不寐。至于我身边的同事和同学，他们踏踏实实地向着新的方向迈进，日新月异；他们身上的旧东西愈来愈少，新东西愈来愈多。我每次出国，住上一两个月，回来后就觉得自己落后了。才知道，我们祖国，我们的老师和学生，是用着多么快速的步伐前进。

现在，老师上课都是根据详细的大纲和教案，这都是事前讨论好的，决不能信口开河。老师们关心同学的学习，有时候还到同学宿舍里去辅导或者了解情况，备课一直到深夜。每当夜深人静我走过校园的时候，就看到这里那里有不少灯光通明的窗子。我知道，老师们正在查阅文献，翻看字典。要想送给同学一杯水，自己先准备下一桶。老师们谁都不愿提着空桶走上课堂。

而学生呢？他们绝大多数都能老师指到哪里，他们做到哪里。他们刻苦学习，认真钻研。我曾在一个黑板报上看到一个学生填的词，其中有两句："松涛声低，读书声高。"描写学生高声朗读外文的情景，是很生动的，也是能反映实际情况的。今天，老师教书不是为了吃饭，更不是为了升官发财。学生念书，也不是为了文凭。师生有一个共同的伟大的目标，他们既是师生，又是同志。这是几千年的历史上从来没有，也不可能有的现象。

如果有人对同学们谈到我前面写的情况，他们一定会认为是神话，或是笑话，他们决不会相信的。说实话，连我自己回想起那些事情来，都有恍如隔世之感，何况他们从来没有经历过呢？然而，这都是事实，而且还不能算是历史上的事实，它们离开今天并不远。抚今追昔，我想到师生之间的关系的变化而感慨万端，不是很自然吗？

想到这些，也是有好处的。它能使我们更爱新中国，更爱新北京，更爱今天。

我要用无限的热情歌颂新北京的老师，我要用无限的热情歌颂新北京的学生。

老少之间

在任何国家，任何时代的任何社会里，总都会有老年人和青少年人同时并存。从年龄上来说，这是社会的两极，中间是中年。这样一些不同年龄的阶层，共同形成了我们的社会，所谓芸芸众生者就是。

从社会方面来讲，这个模式是不变的，是固定的。但是，从每一个人来说，它却是不固定的，经常变动的。今天你是少年，转瞬就是中年。你如果不中途退席的话，前面还有一个老年阶段在等候着你。老年阶段以后呢？那谁都知道，用不着细说。

想要社会安定，就必须处理好这三个年龄阶段之间的关系，特别是社会两极的老年与少年的关系。现在人们有时候讲到"代沟"——我看这也是舶来品——有人说有，有人说无，我是承认有的。因为事实就是如此，是否认不掉的。而且从某种意义上来说，有"代沟"正标明社会在不断前进。如果不前进，"沟"从何来？

承认有"代沟"，不就万事大吉。真要想保持社会的安定团结，还必须进一步对"沟"两边的具体情况加以分析。

中年这一个中间阶段，我先不说，我只分析老少这两极。

一言以蔽之，这两极各有各的优缺点。老年人人生经历多，识多见广，这是优点。缺点往往是自以为是，执拗固执。动不动就是：我吃的盐比你吃的面还多，我走过的桥比你走过的路还长。个别人仕途失意，牢骚满腹："世人皆醉而我独醒，世人皆浊而我独清。"简直变成了九斤老太，唠唠叨叨，什么都是从前的好。结果惹得大家都不痛快。

我在这里特别提出一个我个人观察到的老年人的缺点，就是喜欢说话，喜欢长篇发言。开一个会两小时，他先包办一半，甚至四分之三。别人不耐烦看表，他老眼昏花，不视不见，结果如何？一想便知。听说某大学有一位老教授，开会他一发言，有经验的人士就回家吃饭。酒足饭饱，回来看，老教授的发言还没有结束，仍然在那里"悬河泻水"哩。

因此，我对老年人有几句箴言：老年之人，血气已衰；煞车失灵，戒之在说。

至于年轻人，他们朝气蓬勃，进取心强。在他们眼前的道路上，仿佛铺满了玫瑰花。他们对任何事情都不畏缩，九天揽月，五洋捉鳖，易如反掌，唾手可得。这是一种非常可贵的精神，只能保护，不能挫伤。然而他们的缺点就正隐含在这种优点中。他们只看到玫瑰花的美，只闻到玫瑰花的香；他们却忘记了玫瑰花是带刺的，稍不留心，就会扎手。

那么，怎么办呢？我没有什么高招，我只有几句老生常谈：老年少年都要有自知之明，越多越好。老的不要"倚老卖老"，少的不要"倚少卖少"。后一句话是我杜撰出来的，我个人认为，这个杜撰是正确的。老少之间应当互相了解、理解、谅解。最重要的是谅解。有了这个谅解，我们社会的安定团结就有了保证。

我的心是一面镜子

我生也晚,没有能看到20世纪的开始。但是,时至今日,再有七年,21世纪就来临了。从我目前的身体和精神两个方面来看,我能看到两个世纪的交接,是丝毫也没有问题的。在这个意义上来讲,我也可以说是与20世纪共始终了,因此我有资格写"我与中国20世纪"。

对时势的推移来说,每一个人的心都是一面镜子。我的心当然也不会例外。我自认为是一个颇为敏感的人,我这一面心镜,虽不敢说是纤毫必显,然确实并不迟钝。我相信,我的镜子照出了20世纪长达九十年的真实情况,是完全可以依赖的。

我生在1911年辛亥革命那一年。我生下两个月零四天以后,那一位"末代皇帝",就从宝座上被请了下来。因此,我常常戏称自己是"满清遗少"。到了我能记事儿的时候,还有时候听乡民肃然起敬地谈到北京的"朝廷"(农民口中的皇帝),仿佛他们仍然高踞宝座之上。我不理解什么是"朝廷",他似乎是人,又似乎是神,反正是极有权威、极有力量的一种动物。

这就是我的心镜中照出的清代残影。

我的家乡山东清平县（现归临清市）是山东有名的贫困地区。我们家是一个破落的农户。祖父母早亡，我从来没有见过他们。祖父之爱我是一点也没有尝到过的。他们留下了三个儿子，我父亲行大（在大排行中行七）。两个叔父，最小的一个无父无母，送了人，改姓刁。剩下的两个，上无怙恃，孤苦伶仃，寄人篱下，其困难情景是难以言说的。恐怕哪一天也没有吃饱过。饿得没有办法的时候，兄弟俩就到村南枣树林子里去，捡掉在地上的烂枣，聊以果腹。这一段历史我并不清楚，因为兄弟俩谁也没有对我讲过。大概是因为太可怕，太悲惨，他们不愿意再揭过去的伤疤，也不愿意让后一代留下让人惊心动魄的回忆。

但是，乡下无论如何是待不下去了，待下去只能成为饿殍。不知道怎么一来，兄弟俩商量好，到外面大城市里去闯荡一下，找一条活路。最近的大城市只有山东首府济南。兄弟俩到了那里，两个毛头小伙子，两个乡巴佬，到了人烟稠密的大城市里，举目无亲。他们碰到多少困难，遇到多少波折。这一段历史我也并不清楚，大概是出于同一个原因，他们谁也没有对我讲过。

后来，叔父在济南立定了脚跟，至多也只能像是石头缝里的一棵小草，艰难困苦地挣扎着。于是兄弟俩商量，弟弟留在济南挣钱，哥哥回家务农，希望有朝一日，混出点名堂来，即使不能衣锦还乡，也得让人另眼相看，为父母和自己争一口气。

但是，务农要有田地，这是一个最简单的常识。可我们家所缺的正是田地这玩意儿。大概我祖父留下了几亩地，父亲就靠这个来维持生活。至于他怎样侍弄这点儿地，又怎样成的家，这一段历史对我来说又是一个谜。

我就是在这时候来到人间的。

天无绝人之路。正在此时或稍微前一点，叔父在济南失了业，流落在关东。用身上仅存的一元钱买了湖北水灾奖券，结果中了头奖，据说得到了几千两银子。我们家一夜之间成了暴发户。父亲买了六十亩带水井的地。为了耀武扬威起见，要盖大房子。一时没有砖，他便昭告全村：谁愿意拆掉自己的房子，把砖卖给他，他肯出几十倍高的价钱。俗话说："重赏之下，必有勇夫。"别人的房子拆掉，我们的房子盖成。东、西、北房各五大间。大门朝南，极有气派。兄弟俩这一口气总算争到了。

然而好景不长，我父亲是乡村中朱家郭解一流的人物，仗"义"施财，忘乎所以。有时候到外村去赶集，他一时兴起，全席棚里喝酒吃饭的人，他都请了客。据说，没过多久，六十亩上好的良田被卖掉，新盖的房子也把东房和北房拆掉，卖了砖瓦。这些砖瓦买进时似黄金，卖出时似粪土。

一场春梦终成空。我们家又成了破落户。

在我能记事儿的时候，我们家已经穷到了相当可观的程度。一年大概只能吃一两次"白的"（指白面），吃得最多的是红高粱饼子，棒子面饼子也成为珍品。我在春天和夏天，割了青草，或劈了高粱叶，背到二大爷家里，喂他的老黄牛。

赖在那里不走,等着吃上一顿棒子面饼子,打一打牙祭。夏天和秋天,对门的宁大婶和宁大姑总带我到外村的田地里去拾麦子和豆子,把拾到的可怜兮兮的一把麦子或豆子交给母亲。不知道积攒多少次,才能勉强打出点麦粒,磨成面,吃上一顿"白的"。我当然觉得如吃龙肝凤髓。但是,我从来不记得母亲吃过一口。她只是坐在那里,瞅着我吃,眼里好像有点潮湿。我当时哪里能理解母亲的心情呀!但是,我也隐隐约约地立下一个决心:有朝一日,将来长大了,也让母亲吃点"白的"。可是,"树欲静而风不止,子欲养而亲不待"。还没有等到我有能力让母亲吃"白的",母亲竟舍我而去,留下了我一个终生难补的心灵伤痕,抱恨终天!

我们家,我父亲一辈,大排行兄弟十一个。有六个因为家贫,下了关东。从此音讯杳然。留下的只有五个,一个送了人,我上面已经说过。这五个人中,只有大大爷有一个儿子,不幸早亡,我从来没有见过他。我生下以后,就成了唯一的一个男孩子。在封建社会里,这意味着什么,大家自然能理解。在济南的叔父只有一个女儿。于是兄弟俩一商量,要把我送到济南。当时母亲什么心情,我太年幼,完全不能理解。很多年以后,我才听人告诉我说,母亲曾说过:"要知道一去不回头的话,我拼了命也不放那孩子走!"这一句不是我亲耳听到的话,却终生回荡在我耳边。"谁言寸草心,报得三春晖?"

我终于离开了家,当年我六岁。

一个人的一生难免稀奇古怪的。个人走的路有时候并不由自己来决定。假如我当年留在家里,走的路是一条贫农的路。生活可能很苦,但风险决不会大。我今天的路怎样呢?我广开了眼界,认识了世界,认识了人生,获得了虚名。我曾走过阳关大道,也曾走过独木小桥;坎坎坷坷,又颇顺顺当当,一直走到了耄耋之年。如果当年让我自己选择道路的话,我究竟要选哪一条呢?概难言矣!

离开故乡时,我的心镜中留下的是一幅一个贫困至极的、一时走了运立刻又垮下来的农村家庭的残影。

到了济南以后,我眼前换了一个世界。不用说别的,单说见到济南的山,就让我又惊又喜。我原来以为山只不过是一个个巨大无比的石头柱子。

叔父当然非常关心我的教育,我是季家唯一的传宗接代的人。我上过大概一年的私塾,就进了新式的小学校,济南一师附小。一切都比较顺利。五四运动波及了山东。一师校长是新派人物,首先采用了白话文教科书。国文教科书中有一篇寓言,名叫《阿拉伯的骆驼》,故事讲的是得寸进尺,是国际上流行的。无巧不成书,这一篇课文偏偏让叔父看到了,他勃然变色,大声喊道:"骆驼怎么能说话呀!这简直是胡闹!赶快转学!"于是我就转到了新育小学。当时转学好像是非常容易,似乎没有走什么后门就转了过来。只举行一次口试,教员写了一个"骡"字,我认识,我的比我大一岁的亲戚不认识。我直接插入高一,而他则派进初三。一字之差,我硬是沾了一年的光。这就叫做人生!最初课本还是文言,后来则也随时代潮流改了白话,不但骆驼能说话,连乌龟蛤蟆都说起话来，叔父却置之不管了。

叔父是一个非常有天才的人。他并没有受过什么正规教育。在颠沛流离中，完全靠自学，获得了知识和本领。他能作诗，能填词，能写字，能刻图章。中国古书也读了不少。按照他的出身，他无论如何也不应该对宋明理学发生兴趣；然而他竟然发生了兴趣，而且还极为浓烈，非同一般。这件事我至今大惑不解。我每看到他正襟危坐，威仪俨然，在读《皇清经解》一类十分枯燥的书时，我都觉得滑稽可笑。

这当然影响了对我的教育。我这一根季家的独苗他大概想要我诗书传家。《红楼梦》《三国演义》《水浒传》，等等，他都认为是"闲书"，绝对禁止看。大概出于一种逆反心理，我爱看的偏是这些书。中国旧小说，包括《金瓶梅》《西厢记》，等等几十种，我都偷着看了个遍。放学后不回家，躲在砖瓦堆里看，在被窝里用手电照着看。这样大概过了有几年的时间。

叔父的教育则是另外一回事。在正谊时，他出钱让我在下课后跟一个国文老师念古文，连《左传》等都念。回家后，吃过晚饭，立刻又到尚实英文学社去学英文，一直到深夜。这样天天连轴转，也有几年的时间。

叔父相信"中学为体"，这是可以肯定的。但是是否也相信"西学为用"呢？这一点我说不清楚。反正当时社会上都认为，学点洋玩意儿是能够升官发财的。这是一种实用主义的"崇洋"，"媚外"则不见得。叔父心目中"夷夏之辨"是很显然的。

大概是1926年，我在正谊中学毕了业，考入设在北园白鹤庄的山东大学附设高中文科去念书。这里的教员可谓极一时之选。国文教员王崑玉先生，英文教员尤桐先生、刘先生和杨先生，数学教员王先生，史地教员祁蕴璞先生，伦理学教员鞠思敏先生（正谊中学校长），伦理学教员完颜祥卿先生（一中校长），还有教经书的"大清国"先生（因为诨名太响亮，真名忘记了），另一位是前清翰林。两位先生教《书经》《易经》《诗经》，上课从不带课本，五经四书连注都能背诵如流。这些教员全是佼佼者。再加上学校环境有如仙境，荷塘四布，垂柳蔽天，是念书再好不过的地方。

我有意识地认真用功，是从这里开始的。我是一个很容易受环境支配的人。在小学和初中时，成绩不能算坏，总在班上前几名，但从来没有考过甲等第一。我毫不在意，照样钓鱼、摸虾。到了高中，国文作文无意中受到了王崑玉先生的表扬，英文是全班第一。其他课程考个高分并不难，只需稍稍一背，就能应付裕如。结果我生平第一次考了一个甲等第一，平均分数超过九十五分，是全校唯一的一个学生。当时山大校长兼山东教育厅长前清状元王寿彭，亲笔写了一副对联和一个扇面奖给我。这样被别人一指，我的虚荣心就被抬起来了。从此认真注意考试名次，再不掉以轻心。结果两年之内，四次期考，我考了四个甲等第一，威名大震。

在这一段时间内，外界并不安宁。军阀混乱，鸡犬不宁。直奉战争、直皖战争，时局瞬息万变，"你方唱罢我登场"。有一年山大祭孔，我们高中学生受命参加。我第一次见到当时的奉系山东土匪督军——不知道自己有多少兵、多少钱和多少姨太太的张宗昌，他穿着长袍、马褂，匍匐在地，行叩头大礼。此情此景，至今犹在眼前。

到了1928年，蒋介石假"革命"之名，打着孙中山先生的招牌，算是一股新力量，从广东北伐，有共产党的协助，以雷霆万钧之力，一路扫荡，宛如劲风卷残云，大军占领了济南。此时，日本军国主义分子想趁火打劫，出兵济南，酿成了有名的"济南惨案"。高中关了门。

在这一段时间内，我的心镜中照出来的影子是封建又兼维新的教育再加上军阀混战。

日寇占领了济南，国民党军队撤走。学校都不能开学。我过了一年临时亡国奴生活。

此时日军当然是全济南至高无上的唯一的统治者。同一切非正义的统治者一样，他们色厉内荏，十分害怕中国老百姓，简直害怕到风声鹤唳、草木皆兵的程度。天天如临大敌，常常搞一些突然袭击，到居民家里去搜查。我们一听到日军到附近某地来搜查了，家里就像开了锅。有人主张关上大门，有人坚决反对。前者说：不关门，日本兵会说："你怎么这样大胆呀！竟敢双门大开！"于是捅上一刀。后者则说：关门，日本兵会说："你们一定有见不得人的勾当；不然的话，皇军驾到，你们应该开门恭迎嘛！"于是捅上一刀。结果是，一会儿开门，一会儿又关上，如坐针毡，又如热锅上的蚂蚁。此情此景，非亲身经历者，是决不能理解的。

我还有一段个人经历。我无学可上，又深知日本人最恨中国学生，在山东焚烧日货的"罪魁祸首"就是学生。我于是剃光了脑袋，伪装是商店的小徒弟。有一天，走在东门大街上，迎面来了一群日军，检查过往行人。我知道，此时万不能逃跑，一定要镇定，否则刀枪无情。我貌似坦然地走上前去。一个日兵搜我的全身，发现我腰里扎的是一条皮带。他如获至宝，发出狞笑，说道："你的，狡猾的大大地。你不是学徒，你是学生。学徒的，是不扎皮带的！"我当头挨了一棒，幸亏还没有昏过去，我向他解释：现在小徒弟们也发了财，有的能扎皮带了。他坚决不信。正在争论的时候，另外一个日军走了过来，大概是比那一个高一级的，听了那个日军的话，似乎有点不耐烦，一摆手："让他走吧！"我于是死里逃生，从阴阳界上又转了回来。我身上出了多少汗，只有我自己知道。

在这一年内，我心镜上照出的是临时或候补亡国奴的影像。

1929年，日军撤走，国民党重进。我在求学的道路上，从此开辟了一个新天地。

此时，北园高中关了门，新成立了一所山东省立济南高中，是全省唯一的一所高级中学。我没有考试，就入了学。

校内换了一批国民党的官员，"党"气颇浓，令人生厌。但是总的精神面貌却是焕然一新。最明显不过的是国文课。"大清国"没有了，经书不念了，文言作文改成了白话。国文教员大多是当时颇为著名的新文学家。我的第一个国文教员是胡也频烈士。他很少讲正课，每一堂都是宣传"现代文艺"，亦名"普罗文学"，也就是无产阶级文学。一些青年，其中也有我，大为兴奋，公然在宿舍门外摆上桌子，号召大家参加"现代文艺研究会"。还准备出刊物，我为此写了一篇文章，叫做《现代文艺的使命》，里面生吞活剥抄了一些从日文译过来的所谓马克思主义文艺理论的文句。译文像天书，估计我也看不懂，但是充满了革命义愤和口号的文章，却堂而皇之地写成了。文章还没有来得及刊出，国民党通缉胡先生，他慌忙逃往上海，一两年后就被国民党杀害。我的革命梦像肥皂泡似的破灭了，从此再也没有"革命"，一直到了解放。

接胡先生的是董秋芳（冬芬）先生。他算是鲁迅的小友，北京大学毕业，翻译了一本《争自由的波浪》，有鲁迅写的序。不知道怎样一来，我写的作文得到了他的垂青，他发现了我的写作"天才"，认为是全班、全校之冠。我有点飘飘然，是很自然的。到现在，在六十年漫长的过程中，不管我搞什么样的研究工作，写散文的笔从来没有放下过。写得好坏，姑且不论。对我自己来说，文章能抒发我的感情，表露我的喜悦，缓解我的愤怒，激励我的志向。这样的好处已经不算少了。我永远怀念我这位尊敬的老师！

在这一年里，我的心镜照出来的仿佛是我的新生。

1930年夏天，我们高中一级的学生毕了业。几十个举子联合"进京赶考"。当时北平的大学五花八门，国立、私立、教会立，纷然杂陈。水平极端参差不齐，吸引力也就大不相同。其中最受尊重的，同今天完全一样，是北大与清华，两个"国立"大学。因此，全国所有的赶考的举子没有不报考这两所大学的。这两所大学就仿佛变成了龙门，门槛高得可怕。往往几十人中录取一个。被录取的金榜题名，鲤鱼变成了龙。我来投考的那一年，有一个山东老乡，已经报考了五次，次次名落孙山。这一年又同我们报考，也就是第六次，结果仍然榜上无名。他神经失常，一个人恍恍惚惚在西山一带漫游了七天，才清醒过来。他从此断了大学梦，回到了山东老家，后不知所终。

我当然也报了北大与清华。同别的高中同学不同的是，我只报这两个学校，仿佛极有信心——其实我当时并没有考虑这样多，几乎是本能地这样干了——别的同学则报很多大学，二流的、三流的、不入流的，有的人竟报到七八所之多。我一辈子考试的次数成百成千，从小学一直考到获得最高学位；但我考试的运气好，从来没有失败过。这一次又撞上了喜神，北大和清华我都被录取，一时成了人们羡慕的对象。

但是，北大和清华，对我来说，却成了鱼与熊掌。何去何从？一时成了挠头的问题。我左考虑，右考虑，总难以下这一步棋。当时"留学热"不亚于今天，我未能免俗。如果从留学这个角度来考虑，清华似乎有一日之长。至少当时人们都是这样看的。"吾从众"，终于决定了清华，入的是西洋文学系（后改名外国语文系）。

在旧中国，清华西洋文学系名震神州。主要原因是教授几乎全是外国人，讲课当然用外国话，中国教授也多用外语（实际上就是英语）授课。这一点就具有极大的吸引力。夷考其实，外国教授几乎全部不学无术，在他们本国恐怕连中学都教不上。因此，在本系所有的必修课中，没有哪一门课我感到满意。反而是我旁听和选修的两门课，令我终生难忘，终生受益。旁听的是陈寅恪先生的"佛经翻译文学",选修的是朱光潜先生的"文艺心理学",就是美学。在本系中国教授中,叶公超先生教我们大一英文。他英文大概是好的,但有时故意不修边幅,好像要学习竹林七贤,给我没有留下好印象。吴宓先生的两门课"中西诗之比较"和"英国浪漫诗人",给我留下了深刻的印象。

此外,我还旁听了或偷听了很多外系的课。比如朱自清、俞平伯、谢婉莹(冰心)、郑振铎等先生的课,我都听过,时间长短不等。在这种旁听活动中,我有成功,也有失败。最失败的一次,是同许多男同学,被冰心先生婉言赶出了课堂。最成功的是旁听西谛先生的课。西谛先生豁达大度,待人以诚,没有教授架子,没有行帮意识。我们几个年轻大学生——吴组缃、林庚、李长之,还有我自己——由听课而同他有了个人来往。他同巴金、靳以主编大型的《文学季刊》是当时轰动文坛的大事。他也竟让我们名不见经传的无名小卒,充当《季刊》的编委或特约撰稿人,名字赫然印在杂志的封面上,对我们来说这实在是无上的光荣。结果我们同西谛先生成了忘年交,终生维持着友谊,一直到1958年他在飞机失事中遇难。到了今天,我们一想到郑先生还不禁悲从中来。

此时政局是非常紧张的。蒋介石在拼命"安内",日军已薄古北口,在东北兴风作浪,更不在话下。"九一八"后,我也曾参加清华学生卧轨绝食,到南京去请愿,要求蒋介石出兵抗日。我们满腔热血,结果被满口谎言的蒋介石捉弄,铩羽而归。

美丽安静的清华园也并不安静。国共两方的学生斗争激烈。此时，胡乔木（原名胡鼎新）同志正在历史系学习，与我同班。他在进行革命活动，其实也并不怎么隐蔽。每天早晨，我们洗脸盆里塞上的传单，就出自他之手。这是一个公开的秘密，尽人皆知。他曾有一次在深夜坐在我的床上，劝说我参加他们的组织。我胆小怕事，没敢答应。只答应到他主办的工人子弟夜校去上课，算是聊助一臂之力，稍报知遇之恩。

学生中国共两派的斗争是激烈的，详情我不得而知。我算是中间偏左的逍遥派，不介入，也没有兴趣介入这种斗争。不过据我的观察，两派学生也有联合行动，比如到沙河、清河一带农村中去向农民宣传抗日。我参加过几次，记忆中好像也有倾向国民党的学生参加。原因大概是，尽管蒋介石不抗日，青年学生还是爱国的多。在中国知识分子中，爱国主义的传统是源远流长的，根深蒂固的。

这几年，我们家庭的经济情况颇为不妙。每年寒暑假回家，返校时筹集学费和膳费，就煞费苦心。清华是国立大学，花费不多。每学期收学费四十元；但这只是一种形式，毕业时学校把收的学费如数还给学生，供毕业旅行之用。不收宿费，膳费每月六块大洋，顿顿有肉。即使是这样，我也开支不起。我的家乡清平县，国立大学生恐怕只有我一个，视若"县宝"，每年津贴我五十元。另外，我还能写点文章，得点稿费，家里的负担就能够大大地减轻。我就这样在颇为拮据的情况中度过了四年，毕了业，戴上租来的学士帽照过一张相，结束了我的大学生活。

当时流行着一个词儿，叫"饭碗问题"，还流行着一句话，是"毕业即失业"。除了极少数高官显宦、富商大贾的子女以外，谁都会碰到这个性命交关的问题。我从三年级开始就为此伤脑筋。我面临着承担家庭主要经济负担的重任。但是，我吹拍乏术，奔走无门。夜深人静之时，自己脑袋里好像是开了锅。然而结果却是一筹莫展。

眼看快要到1934年的夏天，我就要离开学校了。真好像是大旱之年遇到甘霖，我的母校济南省立高中校长宋还吾先生，托人邀我到母校去担任国文教员。月薪大洋一百六十元，是大学助教的一倍。大概因为我发表过一些文章，我就被认为是文学家，而文学家都一定能教国文，这就是当时的逻辑。这一举真让我受宠若惊，但是我心里却打开了鼓：我是学西洋文学的，高中国文教员我当得了吗？何况我的前任是被学生"架"（当时学生术语，意思是"赶"）走的，足见学生不易对付。我去无疑是自找麻烦，自讨苦吃，无异于跳火坑。我左考虑，右考虑，终于举棋不定，不敢答复。然而，时间是不饶人的。暑假就在眼前，离校已成定局，最后我咬了咬牙，横下了一条心："你有勇气请，我就有勇气承担！"

于是在1934年秋天，我就成了高中的国文教员。校长待我是好的，同学生的关系也颇融洽。但是同行的国文教员对我却有挤对之意。全校三个年级，十二个班，四个国文教员，每人教三个班。这就来了问题：其他三位教员都比我年纪大得多，其中一个还是我的老师一辈，都是科班出身，教国文成了老油子，根本用不着备课。他们却每人教一个年级的三个班，备课只有一个头。我教三个年级剩下的那个班，备课有三个头，其困难与心里的别扭是显而易见的。所以在这一年里，收入虽然很好（一百六十元的购买力约与今天的三千二百元相当），心情却是郁闷。眼前的留学杳无踪影，手中的饭碗飘忽欲飞。此种心情，实不足为外人道也。

但是，幸运之神（如果有的话）对我是垂青的。正在走投无路之际，母校清华大学同德国学术交换处签订了互派留学生的合同，我喜极欲狂，立即写信报了名，结果被录取。这比考上大学金榜题名的心情，又自不同，别是一番滋味在心头。积年愁云，一扫而空，一生幸福，一锤定音。仿佛金饭碗已经捏在手中。自己身上一镀金，则左右逢源，所向无前。我现在看一切东西，都发出玫瑰色的光泽了。

然而，人是不能脱离现实的。我当时的现实是：亲老、家贫、子幼，我又走到了我一生最大的一个歧路口上。何去何从？难以决定。这个歧路口，对我来说，意义真正是无比地大。不向前走，则命定一辈子当中学教员，饭碗还不一定经常能拿在手中，向前走，则会是另一番境界。"马前桃花马后雪，教人怎敢再回头？"

经过了痛苦的思想矛盾，经过了细致的家庭协商，决定了向前迈步。好在原定期限只有两年，咬一咬牙就过来了。

我于是在1935年夏天离家，到北平和天津办理好出国手续，乘西伯利亚火车，经苏联，到了柏林。我自己的心情是：万里投荒第二人。

在这一段从大学到教书一直到出国的时期中，我的心镜中照见的是：蒋介石猖狂反共，日本军野蛮入侵，时局动荡不安，学生两极分化，这样一幅十分复杂矛盾的图像。

马前的桃花，远看异常鲜艳，近看则不见得。

我在柏林待了几个月，中国留学生人数颇多，认真读书者当然有之，终日鬼混者也不乏其人。国民党的大官，自蒋介石起，很多都有子女在德国"流学"。这些高级"衙内"看不起我，我更藐视这一群行尸走肉的家伙，羞与他们为伍。"此地信莫非吾土"，到了深秋，我就离开柏林，到了小城又是科学名城的哥廷根。从此以后，在这里一住就是七年，没有离开过。

德国给我一月一百二十马克，房租约占百分之四十多，吃饭也差不多。手中几乎没有余钱。同官费学生一个月八百马克相比，真如小巫见大巫。我在德国住了那么久的时间，从来没有寒暑假休息，从来没有旅游，一则因为"阮囊羞涩"，二则珍惜寸阴，想多念一点书。

我不远万里而来，是想学习的。但是，学习什么呢？最初并没有一个十分清楚的打算。第一学期，我选了希腊文，样子是想念欧洲古典语言文学。但是，在这方面，我无法同德国学生竞争，他们在中学里已经学了八年拉丁文、六年希腊文。我心里彷徨起来。

到了1936年春季始业的那一学期，我在课程表上看到了瓦尔德施米特开的梵文初学课，我狂喜不止。在清华时，受了陈寅恪先生讲课的影响，就有志于梵学。但在当时，中国没有人开梵文课，现在竟于无意中得之，焉能不狂喜呢？于是我立即选了梵文课。在德国，要想考取哲学博士学位，必须修三个系，一主二副。我的主系是梵文、巴利文，两个副系是英国语言学和斯拉夫语言学。我从此走上了正规学习的道路。

1937年，我的奖学金期满。正在此时，日军发动了卢沟桥事件，虎视眈眈，意在吞并全中国和亚洲。我是望乡兴叹，有家难归。但是天无绝人之路，汉文系主任夏伦邀我担任汉语讲师，我实在像久旱逢甘霖，当然立即同意，走马上任。这个讲师工作不多，我照样当我的学生，我的读书基地仍然在梵文研究所，偶尔到汉学研究所来一下。这情况一直继续到1945年秋天我离开德国。

1939年，第二次世界大战正式开幕。我原以为像这样杀人盈野、积血成河的人类极端残酷的大搏斗，理应震撼三界，摇动五洲，使禽兽颤抖，使人类失色。然而，我有幸身临其境，只不过听到几次法西斯头子狂嚎——这在当时的德国是司空见惯的事——好像是春梦初觉，无声无息地就走进了战争。战争初期阶段，德军的胜利使德国人如疯如狂，对我则是一个打击。他们每胜利一次，我就在夜里服安眠药一次。积之既久，失眠成病，成了折磨我几十年的终生痼疾。

最初生活并没有怎样受到影响。慢慢地肉和黄油限量供应了，慢慢地面包限量供应了，慢慢地其他生活用品也限量供应了。在不知不觉中，生活的螺丝越拧越紧。等到人们明确地感觉到时，这螺丝已经拧得很紧很紧了，但是除了极个别的反法西斯的人以外，我没有听到老百姓说过一句怨言。

德国法西斯头子统治有术,而德国人民也是一个十分奇特的民族,对我来说,简直像个谜。

后来战火蔓延,德国四面被封锁,供应日趋紧张。我天天挨饿,夜夜做梦,梦到中国的花生米。我幼无大志,连吃东西也不例外。有雄心壮志的人,梦到的一定是燕涎、鱼翅,哪能像我这样没出息的人只梦到花生米呢?饿得厉害的时候,我简直觉得自己是处在饿鬼地狱中,恨不能把地球都整个吞下去。

我仍然继续念书和教书。除了挨饿外,天上的轰炸最初还非常稀少。我终于写完了博士论文。此时瓦尔德施米特教授被征从军,他的前任已退休的老教授Prof. E. Sieg(西克)替他上课。他用了几十年的时间读通了吐火罗文,名扬全球。按岁数来讲,他等于我的祖父。他对我也完全是一个祖父的感情。他一定要把自己全部拿手的好戏都传给我:印度古代语法、吠陀,而且不容我提不同意见,一定要教我吐火罗文。我乘瓦尔德施米特教授休假之机,通过了口试,布朗恩口试俄文的斯拉夫文,罗德尔口试英文。考试及格后,仍在西克教授指导下学习。我们天天见面,冬天黄昏,在积雪的长街上,我搀扶着年逾八旬的异国的老师,送他回家。我忘记了战火,忘记了饥饿,我心中只有身边这个老人。

我当然怀念我的祖国,怀念我的家庭。此时邮政早已断绝。杜甫诗:"烽火连三月,家书抵万金。"我却是"烽火连三年,家书抵亿金"。事实上根本收不到任何信。这大大地加强我的失眠症,晚上吞服的药量,与日俱增,能安慰我的只有我的研究工作。此时英美的轰炸已成家常便饭，我就是在饥饿与轰炸中写成了几篇论文。大学成了女生的天下，男生都抓去当了兵。过了没有多久，男生有的回来了，但不是缺一只手，就是缺一条腿。双拐击地的声音在教室大楼中往复回荡，形成了独特的合奏。

到了此时，前线屡战屡败，法西斯头子的牛皮虽然照样厚颜无耻地吹，然而已经空洞无力，有时候牛头不对马嘴。从我们外国人眼里来看，败局已定，任何人也回天无力了。

德国人民怎么样呢？经过我十年的观察与感受，我觉得，德国人不愧是世界上最优秀的人民之一。文化昌明，科学技术处于世界前列，大文学家、大哲学家、大音乐家、大科学家，近代哪一个民族也比不上。而且为人正直、淳朴，个个都是老实巴交的样子。在政治上，他们却是比较单纯的，真心拥护希特勒者占绝大多数。令我大惑不解的是，希特勒极端诬蔑中国人，视为文明的破坏者。按理说，我在德国应当遇到很多麻烦。然而，实际上，我却一点麻烦也没有遇到。听说，在美国，中国人很难打入美国人社会。可我在德国，自始至终就在德国人社会之中，我就住在德国人家中，我的德国老师，我的德国同学，我的德国同事，我的德国朋友，从来待我如自己人，没有丝毫歧视。这一点让我终生难忘。

这样一个民族现在怎样看待垂败的战局呢？他们很少跟我谈论战争问题，对生活的极端艰苦，轰炸的极端野蛮，他们好像都无动于衷，他们有点茫然、漠然。一直到1945年春，美国军队攻入哥廷根，法西斯彻底完蛋了，德国人仍然无动于衷,大有逆来顺受的意味,又仿佛当头挨了一棒,在茫然、漠然之外,又有点昏昏然、懵懵然。

惊心动魄的世界大战,持续了六年,现在终于闭幕了。我在惊魂甫定之余,顿时想到了祖国,想到了家庭,我离开祖国已经十年了,我在内心深处感到了祖国对我这个海外游子的召唤。几经交涉,美国占领军当局答应用吉普车送我们到瑞士去。我辞别德国师友时,心里十分痛苦,特别是西克教授,我看到这位耄耋老人面色凄楚,双手发颤,我们都知道,这是最后一面了。我连头也不敢回,眼里流满了热泪。我的女房东对我放声大哭。她儿子在外地,丈夫已死,我这一走,房子里空空洞洞,只剩下她一个人。几年来她实际上是同我相依为命,而今以后,日子可怎样过呀!离开她时,我也是头也没有敢回,含泪登上美国吉普。我在心里套一首旧诗想成了一首诗:

留学德国已十霜,

归心日夜忆旧邦,

无端越境入瑞士,

客树回望成故乡。

这十年在我的心镜上照出的是法西斯统治,极端残酷的世界大战,游子怀乡的残影。

1945年10月,我们到了瑞士。在这里待了几个月。1946年春天,离开瑞士,经法国马赛,乘为法国运兵的英国巨轮,到了越南西贡。在这里待到夏天,又乘船经香港回到上海,别离祖国将近十一年,现在终于回来了。

此时,我已经通过陈寅恪先生的介绍,胡适之先生、傅斯年先生和汤用彤先生的同意,到北大来工作。我写信给在英国剑桥大学任教的哥廷根旧友夏伦教授,谢绝了剑桥之聘,决定不再回欧洲。同家里也取得了联系,寄了一些钱回家。我感激叔父和婶母,以及我的妻子彭德华,他们经过千辛万苦,努力苦撑了十一年,我们这个家才得以完整安康地留了下来。

当时正值第二次革命战争激烈进行,交通中断,我无法立即回济南老家探亲。我在上海和南京住了一个夏天。在南京曾叩见过陈寅恪先生,到中央研究院拜见过傅斯年先生。1946年深秋,从上海乘船到秦皇岛,转乘火车,来到了暌别十一年的北平。深秋寂冷,落叶满街,我心潮起伏,酸甜苦辣,说不出来是什么滋味。阴法鲁先生到车站去接我们,把我暂时安置在北大红楼。第二天,会见了文学院院长汤用彤先生。汤先生告诉我,按北大以及其他大学规定,得学位回国的学人,最高只能给予副教授职称,在南京时傅斯年先生也告诉过我同样的话。能到北大来,我已经心满意足,焉敢妄求?但是过了没有多久,大概只有个把礼拜,汤先生告诉我,我已被定为正教授兼东方语言文学系主任,时年三十五岁。当副教授时间之短,我恐怕是创了新纪录。这完全超出了我的想望。我暗下决心:努力工作,积极述作,庶不负我的老师和师辈培养我的苦心!

此时的时局却是异常恶劣的。以蒋介石为首的国民党,剥掉自己的一切画皮，贪污成性，贿赂公行，大搞"五子登科"，接受大员满天飞，"法币"天天贬值，搞了一套银元券、金元券之类的花样，毫无用处。人民生活在水深火热之中，大学教授也不例外。手中领到的工资，一个小时以后，就能贬值。大家纷纷换银元，换美元，用时再换成法币。每当手中攥上几个大头时，心里便暖呼呼的，仿佛得到了安全感。

在学生中，新旧势力的斗争异常激烈。国民党垂死挣扎，进步学生猛烈进攻。当时流传着一个说法：在北平有两个解放区，一个是北大的民主广场，一个是清华园。我住在红楼，有几次也受到了国民党北平市党部纠集的天桥流氓等闯进来捣乱的威胁。我们在夜里用桌椅封锁了楼口，严阵以待，闹得人心惶惶，我们觉得又可恨，又可笑。

但是，腐败的东西终究会灭亡的，这是一条人类和大自然中进化的规律。1949年春，北京终于解放了。

在这三年中，我的心镜中照出的是黎明前的一段黑暗。

如果把我的一生分成两截的话，我习惯的说法是，前一截是旧社会，共三十八年。后一截是新社会，年数现在还没法确定，我一时还不想上八宝山，我无法给我的一生画上句号。

为什么要分为两截呢？一定是认为两个社会差别极大，非在中间划上鸿沟不行。实际上，我同当时留下没有出国或到台湾去的中老年知识分子一样，对共产党并不了解；对共产主义也不见得那么向往；但是对国民党我们是了解的。因此，解放军进城我们是欢迎的，我们内心是兴奋的，希望而且也觉得从此换了人间。解放初期，政治清明，一团朝气，许多措施深得人心。旧社会留下的许多污泥浊水，荡涤一清。我们都觉得从此河清有日，幸福来到了人间。

但是，我们也有一个适应过程。别的比我年老的知识分子的真实心情，我不了解。至于我自己，我当时才四十岁，算是刚刚进入中年，但是我心中需要克服的障碍就不老少。参加大会，喊"万岁"之类的口号，最初我张不开嘴。连脱掉大褂换上中山装这样的小事，都觉得异常别扭，他可知矣。

对我来说，这个适应过程并不长，也没有感到什么特殊的困难，我一下子像是变了一个人。觉得一切的一切都是美好的，都是善良的。我觉得天特别蓝，草特别绿，花特别红，山特别青。全中国仿佛开遍了美丽的玫瑰花，中华民族前途光芒万丈，我自己仿佛又年轻了十岁，简直变成了一个大孩子。开会时，游行时，喊口号，呼"万岁"，我的声音不低于任何人，我的激情不下于任何人。现在回想起来，那是我一生最愉快的时期。

但是，反观自己，觉得百无是处。我从内心深处认为自己是一个地地道道的"摘桃派"。中国人民站起来了，自己也跟着挺直了腰板。任何类似贾桂的思想，都一扫而空。我享受着"解放"的幸福，然而我干了什么事呢？我做出了什么贡献呢？我确实没有当汉奸，也没有加入国民党，没有屈服于德国法西斯。但是，当中华民族的优秀儿女把脑袋挂在裤腰带上，浴血奋战，壮烈牺牲的时候，我却躲在万里之外的异邦，在追求自己的名山事业。天下可耻事宁有过于此者乎？我觉得无比地羞耻。连我那一点所谓学问——如果真正有的话——也是极端可耻的。

我左思右想，沉痛内疚，觉得自己有罪，觉得知识分子真是不干净。我仿佛变成了一个基督教徒，深信"原罪"的说法。在好多好多年，这种"原罪"感深深地印在我的灵魂中。

我当时时发奇想，我希望时间之轮倒拨回去，拨回到战争年代，给我一个机会，让我立功赎罪。我一定会不惜牺牲自己的性命，为了革命，为了民族。我甚至有近乎疯狂的幻想：如果我们的领袖遇到生死危机，我一定会挺身而出，用自己的鲜血与性命来保卫领袖。

我处处自惭形秽。我当时最羡慕、最崇拜的是三种人：老干部、解放军和工人阶级。对我来说，他们的形象至高无上，神圣不可侵犯。在我眼中，他们都是"最可爱的人"，是我终生学习也无法赶上的人。

就这样，我背着沉重的"原罪"的十字架，随时准备深挖自己思想，改造自己的资产阶级思想，真正树立无产阶级思想——除了"毫不利己，专门利人"之外，我到今天也说不出什么是无产阶级思想——脱胎换骨，重新做人。风风雨雨，坎坎坷坷，一会儿山重水复，一会儿柳暗花明，走过了漫长的三十年。

解放初期第一场大型的政治运动，是三反、五反、思想改造运动。我认真严肃地怀着满腔的虔诚参加了进去。我一辈子不贪污公家一分钱，三反、五反与我无缘。但是思想改造，我却认为，我的任务是艰巨的，是迫切的。笼统说来，是资产阶级思想；具体说来，则可以分为几项。首先，在解放前，我从对国民党的观察中，得出了一条结论：政治这玩意儿是肮脏的，是污浊的，最好躲得远一点。其次，我认为，蒙古是被苏联抢走的；中共是受苏联左右的。思想改造，我首先检查、批判这两个思想。当时，当众检查自己的思想叫做"洗澡"，"洗澡"有小、中、大三盆。我是系主任，必须洗中盆，也就是在系师生大会上公开检查。因为我没有什么民愤，没有升入"大盆"，也就是没有在全校师生大会上检查。

在中盆里，水也是够热的。大家发言异常激烈，有的出于真心实意，有的也不见得。我生平破天荒第一次经过这个阵势，句句话都像利箭一样，射向我的灵魂。但是，因为我仿佛变成一个基督教徒，怀着满腔虔诚的"原罪"感，好像话越是激烈，我越感到舒服，我舒服得浑身流汗，仿佛洗的是土耳其蒸汽浴。大会最后让我通过以后，我感动得真流下了眼泪，感到身轻体健，资产阶级思想仿佛真被廓清。

像我这样虔诚的信徒，还有不少，但是也有想蒙混过关的。有一位洗大盆的教授，小盆、中盆，不知洗过多少遍了，群众就是不让通过，终于升至大盆。他破釜沉舟，想一举过关。检讨得痛快淋漓，把自己骂得狗血喷头，连同自己的资产阶级父母，都被波及，他说了父母不少十分难听的话。群众大受感动。然而无巧不成书，主席瞥见他的检讨稿上用红笔写上了几个大字"哭"。每到这地方，他就号啕大哭。主席一宣布，群众大哗。结果如何，就不用说了。

跟着来的是批判电影《武训传》，批判《早春二月》，批判资产阶级学术思想，胡适、俞平伯都榜上有名。后面是揭露和批判胡风"反革命集团",这是属于敌我矛盾的事件。胡风本人以外,被牵涉到的人数不少,艺术界和学术界都有。附带进行了一次清查历史反革命的运动,自杀的人时有所闻。北大一位汽车司机告诉我,到了这样的时候,晚上开车,要十分警惕,怕冷不防有人从黑暗中一下子跳出来,甘愿做轮下之鬼。

到了1957年,政治运动达到了第一次高潮。从规模上来看,从声势上来看,从涉及面之广来看,从持续时间之长来看,都无愧是空前的。

最初只说是党内整风,号召大家提意见,"知无不言,言无不尽"。当时党的威信至高无上。许多爱护党而头脑简单的人,就真提开了意见,有的话说得并不好听,但是绝大部分人是出于一片赤诚之心,结果被揪住了辫子,划为右派。根据"上头"的意见,右派是敌我矛盾作为人民内部矛盾来处理,而且信誓旦旦说:右派永远不许翻案。

有些被抓住辫子的人恍然大悟:原来不是说不抓辫子,不打棍子,不戴帽子吗?这是不是一场阴谋?答曰:否,这不是阴谋,而是阳谋。到了此时,悔之晚矣。戴上右派帽子的人,虽说是人民内部,但是游离于敌我之间,徒倚于人鬼之隙,滋味是够受的。有的人到了二十年之后才被摘掉帽子,然而老夫耄矣。无论如何,这证明了,共产党有改正错误的勇气,是有力量有信心的表现。

当时究竟划了多少右派,确数我不知道。听说右派是有指标的,这指标下达到每一个基层单位,如果没有完成,必须补划。传说出了不少笑话。这都先不去管他。有一件事情，我脑筋里开了点窍：这一场运动，同以前的运动一样，是针对知识分子的。我怀着根深蒂固的"原罪"感，衷心拥护这一场运动。

到了1958年，轰轰烈烈的反击右派运动逐渐接近了尾声。但是，车不能停驶，马不能停蹄，立即展开了新的运动，而且这一次运动在很多方面都超越了以前的运动。这一次是精神和物质一齐抓，既要解放生产力，又要肃清资产阶级思想。后者主要是针对学校里的教授，美其名曰"拔白旗"。"白"就代表落后，代表倒退，代表资产阶级思想，是与代表前进，代表革命，代表无产阶级思想的"红"相对立的。大学里和中国科学院里一些"资产阶级教授"，狠狠地被拔了一下白旗。

前者则表现在大炼钢铁上。至于人民公社，则好像是兼而有之。"共产主义是天堂，人民公社是桥梁"，是当时最响亮的口号，大炼钢铁实际上是一场巨大的灾难。全国人民响应号召，到处搜捡废铁，加以冶炼，这件事本来未可厚非。但是，废铁捡完了，为了完成指标，就把完整的铁器，包括煮饭的锅在内，砸成"废铁"，回炉冶炼。全国各地，炼钢的小炉，灿若群星，日夜不熄，蔚为宇宙伟观。然而炼出来的却是一炉炉的废渣。

人人都想早上天堂，于是人民公社，一夜之间，遍布全国，适逢粮食丰收，大家敞开肚皮吃饭。个人的灶都撤掉了，都集中在公共食堂中吃饭。有的粮食烂在地里，无人收割。把群众运动的威力夸大到无边无际，把人定胜天的威力也夸大到无边无际。麻雀被定为四害之一，全国人民起来打之。把粮食的亩产量也无限夸大，从几百斤、几千斤，到几万斤。各地竞相弄虚作假，大放"卫星"。有人说，如果亩产几万斤，则一亩地里光麦粒或谷粒就得铺得老厚，那是完全不可信的。

那时我已经有四十七八岁，不是小孩子了；我是受过高等教育、留过洋的大学教授，然而我对这一切都深信不疑。"人有多大胆，地有多大产"，我是坚信的。我在心中还暗暗地嘲笑那一些"思想没有解放"的"胆小鬼"，觉得唯我独马，唯我独革。

跟着来的是三年灾害。真是"自然灾害"吗？今天看来，未必是的。反正是大家都挨了饿。我在德国挨过五年的饿，"曾经沧海难为水"，我现在一点没有感到难受，半句怪话也没有说过。

从全国形势来看，当时的政策已经"左"到不能再"左"的程度，当务之急当然是反"左"。据说中央也是这样打算的。但是，在庐山会议上，忽然杀出来了一个彭德怀。他上了"万言书"，说了几句真话，这就惹了大祸。于是一场反"左"变为反右。一直到今天，开国元勋中，我最崇拜、最尊敬的无过于彭大将军。他是一个难得的硬汉子，豁出命去，也不阿谀奉承，代表了中华民族的浩然正气。

上面既然号召反右，那么就反吧。知识分子们，经过十几年连续不断的运动，都已锻炼成了"运动健将"，都已成了运动的内行里手。这一次我整你，下一次你整我，大家都已习惯这一套了。于是乱乱哄哄，时松时紧，时强时弱，一直反到社教运动。

据我看，社教运动实际上是无产阶级"文化大革命"的前奏曲。我现在就把这两场运动摆在一起来讲。

社会主义教育运动，北大是试点，先走了一步，运动开始后不久学校里就泾渭分明地分了派：被整的与整人的。我也懵懵懂懂地参加了整人的行列。可是有一件事情我不明白，也想不通，解放后第一次萌动了一点"反动思想"：学校的领导都是上面派来的老党员、老干部，我们资产阶级知识分子并起不了多大作用，为什么上头的意思说我们"统治"了学校呢？我百思不得其解。

后来北京市委进行了干预，召开了国际饭店会议，为被批的校领导平反，这里就伏下了"文化大革命"的起因。

1965年秋天，我参加完了国际饭店会议，被派到京郊南口村去搞农村社教运动。在这里我们真成了领导了，党政财文大权统统掌握在我们手里。但是要求也是非常严格的：不许自己开火做饭，在全村轮流吃派饭，鱼肉蛋不许吃。自己的身份和工资不许暴露，当时农民每日工分不过三四角钱，我的工资是四五百，这样放了出去，怕农民吃惊。时隔三十年，到了今天，再到农村去，我们工资的数目是不肯说，怕说出去让农民笑话。抚今追昔，真不禁感慨系之矣！

这一年的冬天，姚文痞的文章《评新编历史剧〈海瑞罢官〉》发表，敲响了"文化大革命"的钟声。所谓"三家村"的三位主人，我全认识，我在南口村无意中说了出来。这立即被我的一位"高足"牢记在心。后来在"文革"中，这位高足原形毕露。为了出人头地，颇多惊人之举，比如说贴口号式的大字报，也要署上自己的名字，引起了轰动。他对我也落井下石，把我"打"成了"三家村"的小伙计。

我于1966年6月4日奉召回校，参加"文化大革命"。最初的一个阶段，是批所谓"资产阶级学术权威"。这次运动又是针对知识分子的，是再明显不过的了，我自然在被批之列。我虽不敢以"学术权威"自命，但是，说自己是资产阶级，我则心悦诚服，毫无怨言。尽管运动来势迅猛，我没有费多大力量就通过了。

后来，北大成立了"革命委员会"，头子就是那位所谓写第一张"马列主义大字报"的"老佛爷"。此人是有后台的，广通声气，据说还能通天，与江青关系密切。她不学无术，每次讲话，必出错误；但是却骄横跋扈，炙手可热。此时她成了全国名人，每天到北大来"取经"朝拜的上万人，上十万人。弄得好端端一个燕园乱七八糟，乌烟瘴气。

随着运动的发展，北大逐渐分了派。"老佛爷"这一派叫"新北大公社"，是抓掌大权的"当权派"。它的对立面叫"井冈山"，是被压迫的。两派在行动上很难说有多少区别，都搞打、砸、抢，都不懂什么叫法律。上面号召："革命无罪，造反有理。"这就是至高无上的法律。

我越过第一阵强烈的风暴，问题算是定了。我逍遥了一阵子，日子过得满惬意。如果我这样逍遥下去的话，太大的风险不会再有了。我现在无疑是过了昭关的伍子胥。我是一个胆小怕事的人，这是常态；但是有时候我胆子又特别大。

在我一生中，这样的情况也出现过几次，这是变态。及今思之，我这个人如果有什么价值的话，价值就表现在变态上。

这种变态在"文化大革命"又出现过一次。

在"老佛爷"仗着后台硬为所欲为无法无天的时候，校园里残暴野蛮的事情越来越多。抄家，批斗，打人，骂人，脖子上挂大木牌子，头上戴高帽子，任意污辱人，放胆造谣言，以致发展到用长矛杀人，不用说人性，连兽性都没有了。我认为这不符合群众路线，不符合什么人的"革命路线"。放着安稳的日子不过，我又发了牛脾气，自己跳了出来，其中危险我是知道的。我在日记里写过："为了保卫什么人的革命路线，虽粉身碎骨，在所不辞。"这完全是真诚的，半点虚伪也没有。

同时，我还有点自信：我头上没有辫子，屁股上没有尾巴。我没有参加过国民党或任何反动组织，没有干反人民的事情。我怀着冒险、侥幸又还有点自信的心情，挺身出来反对那一位"老佛爷"。我完完全全是"自己跳出来"的。

没想到，也可以说是已经想到，这一跳就跳进了"牛棚"。我在群众中有一定的影响，我起来在太岁头上动土，"老佛爷"恨我入骨，必欲置之死地而后快。我被抄家，被批斗，被打得头破血流，鼻青脸肿。我并不是那种豁达大度什么都不在乎的人。我一时被斗得晕头转向，下定决心，自己结束自己的性命。决心既下，我心情反而显得异常平静，简直平静得有点可怕。我把历年积攒的安眠药片和药水都装到口袋里，最后看了与我共患难的婶母和老伴一眼，刚准备出门跳墙逃走,大门上响起了雷鸣般的撞门声:"新北大公社"的红卫兵来押解我到大饭厅去批斗了。这真正是千钧一发呀!这一场批斗进行得十分激烈,十分野蛮,我被打得躺在地上站不起来。然而我一下得到了"顿悟":一个人忍受挨打折磨的能力,是没有极限的。我能够忍受下去的!我不死了!我要活下去!

我的确活下来了。然而,在刚离开"牛棚"的时候,我已经虽生犹死,我成了一个半白痴,到商店去买东西,不知道怎样说话。让我抬起头来走路,我觉得不习惯。耳边不再响起"妈的!""混蛋!""王八蛋!"一类的词儿,我觉得奇怪。见了人,我是口欲张而嗫嚅,足欲行而趑趄。我几乎成了一具行尸走肉,我已经"异化"为"非人"。

我的确活下来了,然而一个念头老在咬我的心。我一向信奉的"士可杀,不可辱"的教条,怎么到了现在竟被我完全地抛到脑后了呢?我有勇气仗义执言,打抱不平,为什么竟没有勇气用自己的性命来抗议这种暴行呢?我有时甚至觉得,隐忍苟活是可耻的。然而,怪还不怪在我的后悔,而在于我在很长的时间内并没有把这件事同整个的"文化大革命"联系在一起。一直到1976年"四人帮"被打倒,我一直拥护七八年一次、一次七八年的"革命"。可见我的政治嗅觉是多么迟钝。

我做了四十多年的梦,我怀拥"原罪感"四十多年。上面提到的我那三个崇拜对象,我一直崇拜了四十多年。所有这一些对我来说是十分神圣的东西,都被"文革"打得粉碎,而今安在哉！我不否认，我这几个崇拜对象大部分还是好的，我不应从一个极端走向另一个极端。至于我衷心拥护了十年的"文化大革命"，则另是一码事。这是中国历史上空前的最野蛮、最残暴、最愚昧、最荒谬的一场悲剧，它给伟大的中华民族脸上抹了黑。我们永远不应忘记！

"四人帮"垮台，无产阶级"文化大革命"结束以后，中央拨乱反正，实行了改革开放的政策，受到了全国人民的拥护。时间并不太长，取得的成绩有目共睹。在全国人民眼前，全国知识分子眼前，天日重明，又有了希望。

我在上面讲述了解放后四十多年来的遭遇和感受。在这一段时间内，我的心镜里照出来的是运动，运动，运动；照出来的是我个人和众多知识分子的遭遇；照出来的是我个人由懵懂到清醒的过程；照出来的是全国人民从政治和经济危机的深渊岸边回头走向富庶的转机。

我在20世纪生活了八十多年了。再过七年，这一世纪，这一千纪就要结束了。这是一个非常复杂、变化多端的世纪。我心里这一面镜子照见的东西当然也是富于变化的，五花八门的，但又多姿多彩的。它既照见了阳关大道，也照见了独木小桥；它既照见了山重水复，也照见了柳暗花明。我不敢保证我这一面心镜绝对通明锃亮，但是我却相信，它是可靠的，其中反映的倒影是符合实际的。

我揣着这一面镜子，一揣揣了八十多年。我现在怎样来评价镜子里照出来的20世纪呢？我现在怎样来评价镜子里照出来的我的一生呢？呜呼，慨难言矣！慨难言矣！"却道天凉好个秋"。我效法这一句词，说上一句：天凉好个冬！

只有一点我是有信心的：21世纪将是中国文化（东方文化的核心）复兴的世纪。现在世界上出现了许多影响人类生存前途的弊端，比如人口爆炸、大自然被污染、生态平衡被破坏、臭氧被破坏、粮食生产有限、淡水资源匮乏，等等，这只有中国文化能克服，这就是我的最后信念。

温馨，家庭不可或缺的气氛

大千世界，芸芸众生，除了看破红尘出家当和尚的以外，每一个人都会有一个家。一提到家，人们会不由自主地漾起一点温暖之意、一丝幸福之感。

不这样也是不可能的。不管是单职工还是双职工，白天在政府机构、学校、公司、工厂、商店等五花八门的场所工作劳动。不管是脑力劳动，还是体力劳动，都会付出巨大的力量，应付错综复杂的局面，会见性格各异的人物，有时会弄得筋疲力尽。有道是"不如意事常八九"。哪里事事都会让你称心如意呢？到了下班以后，有如倦鸟还巢一般，带着一身疲惫，满怀喜悦，回到自己家里。这是一个真正的安身立命之处。在这里人们主要祈求的就是温馨。有父母的，向老人问寒问暖，老少都感到温馨；有子女的，同孩子谈上几句，亲子都感到温馨；夫妻说上几句悄悄话，男女都感到温馨。当是时也，白天一天操劳，身心两方面的倦意，间或有心中的愤懑、工作中或竞争中偶尔的挫折、在处理事务中或人际关系中碰的一点小钉子等，都会烟消云散，代之而兴的是融融的愉悦。总之，感到的是不能用任何语言表达的温馨。

你还可以便装野服，落拓形迹。白天在外面有时不得不戴着的假面具，完全可以甩掉。有时不得不装腔作势，以求得能适应应对进退的所谓礼貌，也统统可以丢开，还你一个本来面目，圆通无碍，纯然真我。天下之乐，宁有过于此者乎？所有这一切都来自家庭中真正的温馨。

但是，是不是每一个家庭都是温馨天成、唾手可得呢？不，不，绝不是的。家庭中虽有夫妻关系、亲子关系、血缘关系，但是，所有这一些关系，都不能保证温馨气氛必然出现。俗话说：锅碗瓢盆都会相撞。每个人的脾气不一样，爱好不一样，习惯不一样，信念不一样，而且人是活人，喜怒哀乐，时有突变的情况，情绪也有不稳定的时候，特别是在自己的亲人面前，更容易表露出来。有时候为一点芝麻绿豆大的小事，也会意见相左，处理不得法，也能产生龃龉。天天耳鬓厮磨，谁也不敢保证这种情况不会发生。

那么，我们应当怎么办呢？就我个人来看，处理这样清官难断的家务事，说难极难，说不难也颇易。只要能做到"真""忍"二字，虽不中，不远矣。"真"者，真情也。"忍"者，容忍也。我归纳成了几句顺口溜：相互恩爱，相互诚恳，相互理解，相互容忍，出以真情，不杂私心，家庭和睦，其乐无垠。

有人可能不理解，我为什么把容忍强调到这样的高度。要知道，容忍是中华美德之一。我们的往圣先贤，大都教导我们要容忍。民间谚语中，也有不少容忍的内容，教人忍让。有的说法，看似消极，实有积极意义，比如"忍辱负重"，韩信就是一个有名的例子。《唐书》记载，张公艺九世同居，唐高宗问他睦族之道。公艺提笔写了一百多个"忍"字递给皇帝。从那以后，姓张的多自命为"百忍家声"。佛家也十分强调忍辱之要义，经中有很多忍辱仙人的故事。常言道："小不忍则乱大谋"。在家庭中则是"小不忍则乱家庭"。夫妻、父母、子女之间，有时难免有不同的意见，如果一方发点小脾气，你让他（她）一下，风暴便可平息。等到他（她）心态平衡以后，自己会认错的。此时，如果你也不冷静，火冒三丈，轻则动嘴，重则动手，最终可能告到法庭，宣判离婚，岂不大可哀哉！父母兄弟姊妹之间，也有同样的情况。结果，一个好端端的家庭，会弄得分崩离析。这轻则会影响你暂时的情绪，重则影响你的生命前途。难道我这是危言耸听吗？

总之，温馨是家庭不可或缺的气氛，而温馨则是需要培养的。培养之道，不出两端，一真一忍而已。

1998 年 10 月 23 日

第六章

走运时,要想到倒霉,不要得意得过了头;倒霉时,要想到走运,不必垂头丧气

长寿之道

我已经到了望九之年,可谓长寿矣。因此经常有人向我询问长寿之道,养生之术。

我敬谨答曰:"养生无术是有术。"

这话看似深奥,其实极为简单明了。我有两个朋友,十分重视养生之道。每天锻炼身体,至少要练上两个钟头。曹操诗曰:"对酒当歌,人生几何?"人生不过百年,每天费上两个钟头,统计起来,要有多少钟头啊!利用这些钟头,能做多少事情呀!如果真有用,也还罢了。他们两人,一个先我而走,一个卧病在家,不能出门。

因此,我首创了三"不"主义:不锻炼,不挑食,不嘀咕,名闻全国。

我这个三不主义,容易招误会,我现在利用这个机会解释一下。我并不绝对反对适当的体育锻炼,但不要过头。一个人如果天天望长寿如大旱之望云霓,而又绝对相信体育锻炼,则此人心态恐怕有点失常,反不如顺其自然为佳。

至于不挑食,其心态与上面相似。常见有人年才逾不惑,就开始挑食,蛋黄不吃,动物内脏不吃,每到吃饭,战战兢兢,如履薄冰，窘态可掬，看了令人失笑。以这种心态而欲求长寿，岂非南辕而北辙！

我个人认为，第三点最为重要。对什么事情都不嘀嘀咕咕，心胸开朗，乐观愉快，吃也吃得下，睡也睡得着，有问题则设法解决之，有困难则努力克服之，决不视芝麻绿豆大的窘境如苏迷庐山般大，也决不毫无原则随遇而安，决不玩世不恭。"应尽便须尽，无复独多虑。"有这样的心境，焉能不健康长寿？

我现在还想补充一点，很重要的一点。根据我个人七八十年的经验，一个人决不能让自己的脑筋投闲置散，要经常让脑筋活动着。根据外国一些科学家实验结果，"用脑伤神"的旧说法已经不能成立，应改为"用脑长寿"。人的衰老主要是脑细胞的死亡。中老年人的脑细胞虽然天天死亡；但人一生中所启用的脑细胞只占细胞总量的四分之一，而且在活动的情况下，每天还有新的脑细胞产生。只要脑筋的活动不停止，新生细胞比死亡细胞数目还要多。勤于动脑筋，则能经常保持脑中血液的流通状态，而且能通过脑筋协调控制全身的功能。

我过去经常说："不要让脑筋闲着。"我就是这样做的。结果是有人说我"身轻如燕，健步如飞"。这话有点过了头，反正我比同年龄人要好些，这却是真的。原来我并没有什么科学根据，只能算是一种朴素的直觉。现在读报纸，得到了上面认识。在沾沾自喜之余，谨作补充如上。

这就是我的"长寿之道"。

长生不老

长生不老,过去中国历史上,颇有一些人追求这个境界。那些炼丹服食的老道们不就是想"丹成入九天"吗?结果却是"服食求神仙,多为药所误",最终还是翘了辫子。

最积极的应该数那些皇帝老爷子。他们骑在人民头上,作威作福,后宫里还有佳丽三千,他们能舍得离开这个世界吗?于是千方百计,寻求长生不老之术。最著名的有秦皇、汉武、唐宗、宋祖——这后一位情况不明,为了凑韵,把他拉上了——最后都还是宫车挽出,龙驭上宾了。

我常想,现代人大概不会再相信长生不老了。然而,前几天阅报说,有的科学家正在致力于长生不老的研究。我心中立刻一闪念,假如我晚生八十年,现在年龄九岁,说不定还能赶上科学家们研究成功,我能分享一份。但我立刻又一闪念,觉得自己十分可笑。自己不是标榜豁达吗?"应尽便须尽,无复独多虑"。原来那是自欺欺人。老百姓说:"好死不如赖活着。"我自己也属于"赖"字派。

我有时候认为,造化小儿创造出人类来,实在是多此一举。如果没有人类,世界要比现在安静祥和得多了。可造化小儿也立了一功：他不让人长生不老。否则，如果人人都长生不老，我们今天会同孔老夫子坐在一条板凳上，在长安大戏院里欣赏全本的《四郎探母》，那是多么可笑而不可思议的情景啊！我继而又一想，如果五千年来人人都不死，小小的地球上早就承担不了了。所以我们又应该感谢造化小儿。

在对待生命问题上，中国人与印度人迥乎不同。中国人希望转生，连唐明皇和杨贵妃不也是希望"生生世世为夫妻"吗？印度人则在笃信轮回转生之余，努力寻求跳出轮回的办法。以佛教而论，小乘终身苦修，目的是想达到涅槃。大乘顿悟成佛，目的也无非是想达到涅槃。涅槃者，圆融清静之谓，这个字的原意就是"终止"，终止者，跳出轮回不再转生也。中印两国人民的心态，在对待生死大事方面，是完全不同的。

据我个人的看法，人一死就是涅槃，不用你苦苦去追求，那种追求是"可怜无补费功夫"。在亿万年地球存在的期间，一个人只能有一次生命。这一次生命是万分难得的。我们每一个人都必须认识到这一点，切不可掉以轻心。尽管人的寿夭不同，这是人们自己无能为力的。不管寿长寿短，都要尽力实现这仅有的一次生命的价值。多体会民胞物与的意义，使人类和动植物都能在仅有的一生中过得愉快，过得幸福，过得美满，过得祥和。

老年谈老

老年谈老,就在眼前;然而谈何容易!

原因何在呢?原因就在,自己有时候承认老,有时候又不承认,真不知道从何处谈起。

记得很多年以前,自己还不到六十岁的时候,有人称我为"季老",心中颇有反感,应之逆耳,不应又不礼貌,左右两难,极为尴尬。然而曾几何时,在不知不觉中,渐渐地听得入耳了,有时甚至还有点甜蜜感。自己吃了一惊:原来自己真是老了,而且也承认老了。至于这个大转变是从什么时候开始的,自己有点茫然蒙然,我正在推敲而且研究。

不管怎样,一个人承认老是并不容易的。我的一位九十岁出头的老师有一天对我说,他还不觉得老,其他可知了。我认为,在这里关键是一个"渐"字。若干年前,我读过丰子恺先生一篇含有浓厚哲理的散文,讲的就是这个"渐"字。这个字有大神通力,它在人生中的作用决不能低估。人们有了忧愁痛苦,如果不渐渐地淡化,则一定会活不下去的。人们逢到极大的喜事,如果不渐渐地恢复平静,则必然会忘乎所以,高兴得发狂。人们进入老境,也是逐渐感觉到的。能够感觉到老,其妙无穷。人们渐渐地觉得老了,从积极方面来讲,它能够提醒你:一个人的岁月决不是取之不尽用之不竭的,应该抓紧时间,把想做的事情做完、做好,免得无常一到,后悔无及。从消极方面来讲,一想到自己的年龄,那些血气方刚时干的勾当就不应该再去硬干。个别喜欢争名于朝、争利于市的人,或许也能收敛一点。老之为用大矣哉!

我自己是怎样对待老年的呢?说来也颇为简单。我虽年届耄耋,内部零件也并不都非常健全;但是我处之泰然。我认为,人上了年纪,有点这样那样的病,是合乎自然规律的,用不着大惊小怪。如果年老了,硬是一点病都没有,人人活上二三百岁甚至更长的时间,那么今年狂呼"老龄社会"者,恐怕连嗓子也会喊哑,而且吓得浑身发抖,连地球也会被压塌的。我不想做长生的梦。我对老年,甚至对人生的态度是道家的。我信奉陶渊明的两句诗:

纵浪大化中

不喜亦不惧

这就是我对待老年的态度。

看到我已经有了一把子年纪,好多人都问我:有没有什么长寿秘诀。我的答复是:我的秘诀就是没有秘诀,或者不要秘诀。我常常看到有一些相信秘诀的人,禁忌多如牛毛。这也不敢吃,那也不敢尝,比如,吃鸡蛋只吃蛋清,不吃蛋黄,因为据说蛋黄胆固醇高;动物内脏决不入口,同样因为胆固醇高。有的人吃一个苹果要消三次毒,然后削皮;削皮用的刀子还要消毒,不在话下;削了皮以后,还要消一次毒,此时苹果已经毫无苹果味道,只剩下消毒药水味了。从前有一位化学系的教授,吃饭要仔细计算卡路里的数量,再计算维生素的数量,吃一顿饭用的数学公式之多等于一次实验。结果怎样呢?结果每月饭费超过别人十倍,而人却瘦成一只干巴鸡。一个人到了这个地步,还有什么人生之乐呢?如果再戴上放大百倍的显微镜眼镜,则所见者无非细菌,试问他还能活下去吗?

至于我自己呢,我决不这样做,我一无时间,二无兴趣。凡是我觉得好吃的东西我就吃,不好吃的我就不吃,或者少吃,卡路里维生素统统见鬼去吧!心里没有负担,胃口自然就好,吃进去的东西都能很好地消化。再辅之以腿勤、手勤、脑勤,自然百病不生了。脑勤我认为尤其重要。如果非要让我讲出一个秘诀不行的话,那么我的秘诀就是:千万不要让脑筋懒惰,脑筋要永远不停地思考问题。

我已年届耄耋,但是,专就北京大学而论,倚老卖老,我还没有资格。在教授中,按年龄排队,我恐怕还要排到二十多位以后。我幻想眼前有一个按年龄顺序排列的向八宝山进军的北大教授队伍,我后面的人当然很多。但是向前看,我还算不上排头,心里颇得安慰,并不着急。可是偏有一些排在我后面的比我年轻的人,风风火火,抢在我前面,越过排头,登上山去。我心里实在非常惋惜,又有点怪他们。今天我国的平均寿命已经超过七十岁,比解放前增加了一倍,你们正在精力旺盛时期，为国效力，正是好时机，为什么非要抢先登山不行呢？这我无法阻拦，恐怕也非本人所愿。不过我已下定决心，决不抢先夹塞。

不抢先夹塞活下去目的何在呢？要干些什么事呢？我一向有一个自己认为是正确的看法：人吃饭是为了活着，但活着却不是为了吃饭。到了晚年，更是如此。我还有一些工作要做，这些工作对人民对祖国都还是有利的，不管这个"利"是大是小。我要把这些工作做完，同时还要再给国家培养一些人才。我仍然要老老实实干活，清清白白做人；决不干对不起祖国和人民的事；要尽量多为别人着想少考虑自己的得失。人过了八十，金钱富贵等同浮云，要多为下一代操心，少考虑个人名利，写文章决不剽窃抄袭，欺世盗名。等到非走不行的时候，就顺其自然，坦然离去，无愧于个人良心，则吾愿足矣。

要说的话已经说完，但是我还想借这个机会发点牢骚。我在上面提到"老龄社会"这个词儿，这个概念我是懂得的，有一些措施我也是赞成的。什么干部年轻化，教师年轻化，我都举双手赞成。但是我对报纸上天天大声叫嚷"老龄社会"，却有极大的反感。好像人一过六十就成了社会的包袱，成了阻碍社会进步的绊脚石，我看有点危言耸听，不知道用意何在。我自己已是老人，我也观察过许多别的老人。他们中游手好闲者有之，躺在医院里不能动的有之，天天提鸟笼持钩竿者有之，如此等等，不一而足。但这只是少数，并不是老人的全部。还有不少老人虽然已经寿登耄耋，年逾期颐，向着百寿甚至茶寿进军,但仍然勤勤恳恳,焚膏继晷,兀兀穷年,难道这样一些人也算是社会的包袱吗?我倒不一定赞成"姜是老的辣"这样一句话。年轻人朝气蓬勃,是我们未来希望之所在,让他们登上要路津,是完全必要的。但是对老年人也不必天天絮絮叨叨,耳提面命:"你们已经老了!你们已经不行了!对老龄社会的形成你们不能辞其咎呀!"这样做有什么用处呢?随着生活的日益改善,人们的平均寿命还要提高,将来老年人在社会中所占的比例还要提高。即使你认为这是一件坏事,你也没有法子改变。听说从前钱玄同先生主张,人过四十一律枪毙。这只是愤激之辞,有人作诗讽刺他自己也活过了四十而照样活下去。我们有人老是为社会老龄化担忧,难道能把六十岁以上的人统统赐自尽吗?老龄化同人口多不是一码事。担心人口爆炸,用计划生育的办法就能制止。老龄化是自然趋势,而且无法制止。既然无法制止,就不必瞎嚷,这是徒劳无益的。我总怀疑,"老龄化"这玩意儿也是从外国进口的舶来品。西方人有同我们不同的伦理观念,我们大可以不必西施效颦。质诸高明,以为如何?

牢骚发完,文章告终,过激之处,万望包容。

1991年7月15日

老年四"得"

著名的历史学家周一良教授,在他去世前的一段时间内,在一些公开场合,讲了他的或者他听到的老年健身法门。每一次讲,他都是眉开眼笑、眉飞色舞,十分投入。他讲了四句话:吃得进,拉得出,睡得着,想得开。这话我曾听过几次。我在心里第一个反应是:这有什么好讲的呢?不就是这样子吗?

一良先生不幸逝世以后,迫使我时常想到一些与他有关的事情,以上四句话,四个"得",当然也在其中。我越想越觉得,这四句话确实很平凡;但是,人世间真正的真理不都是平凡的吗?真理蕴藏于平凡中,世事就是如此。

前三句话,就是我们所说的吃喝拉撒睡那一套,是每一个人每天都必须处理的,简直没有什么还值得考虑和研究的价值,但这是青年人和某一些中年人的看法。当年我在清华大学读书的时候,从来没想到这四个"得"的问题,因为它们不成问题。当时听说一个个子高大的同学患失眠症,我大惊失色。我睡觉总是睡不够的,一个人怎么能失眠呢?失眠对我来说简直像是一个神话。至于吃和拉,更是不在话下。

每一顿饭，如果少吃了一点，则不久就感到饿意。二战期间我在德国时，饿得连地球都想吞下去（借用俄国文豪果戈里《巡按使》中的话）。有一次下乡帮助农民摘苹果，得到四五斤土豆，我回家后一顿吃光，幸而没有撑死。怎么能够吃不下呢？直到八十岁，拉对我也从来没有成为问题。

可是，"如今一切都改变"。前三个"得"，对我都成问题了。三天两头，总要便秘一次。吃了三黄片或果导，则立即变为腹泻。弄得我束手无策，不知所措。至于吃，我可以说，现在想吃什么就有什么。然而有时却什么也不想吃。偶尔有点饿意，便大喜若狂，昭告身边的朋友们："我害饿了！"睡眠则多年来靠舒乐安定过日子。不值一提了。

我认为，周一良先生的四"得"的要害是第四个，也就是"想得开"。人，虽自称为"万物之灵"，对于其他生物可以任意杀害，也并不总是高兴的。常言道"不如意事常八九，可与人言无二三"，这两句话对谁都适合。连叱咤风云的君王和大独裁者，以及手持原子弹吓唬别的民族的新法西斯头子，也不会例外。对待这种情况，万应神药只有一味，就是"想得开"。可惜绝大多数人做不到。尤其是我提到的三种人。他们想不开，也根本不想想得开。最后只能成为不齿于人类的狗屎堆。

想不开的事情很多，但统而言之不出名利二字，所谓"名缰利索"者便是。世界上能有几人真正逃得出这个缰和这条索？对于我们知识分子，名缰尤其难逃。逃不出的前车之鉴比比皆是。周一良先生的第四"得",我们实在应深思。它不但适用于老年人,对中青年人也同样适用。

2002 年 6 月 16 日

第六章 走运时,要想到倒霉,不要得意得过了头;倒霉时,要想到走运,不必垂头丧气

老年十忌

我已经在本栏写过谈老年的文章,意犹未尽,再写"十忌"。

忌,就是禁忌,指不应该做的事情。人的一生,都有一些不应该做的事情,这是共性。老年是人生的一个阶段,有一些独特的不应该做的事情,这是特性,老年禁忌不一定有十个。我因受传统的"十全大补""某某十景"之类的"十"字迷的影响,姑先定为十个。将来或多或少,现在还说不准。骑驴看唱本,走着瞧吧。

一忌:说话太多

说话,除了哑巴以外,是每人每天必有的行动。有的人喜欢说话,有的人不喜欢,这决定于一个人的秉性,不能强求一律。我在这里讲忌说话太多,并没有"祸从口出"或"金人三缄其口"的含义。说话惹祸,不在话多话少,有时候,一句话就能惹大祸。口舌惹祸,也不限于老年人,中年和青年都可能由此致祸。

我先举几个例子。

某大学有一位老教授,道德文章,有口皆碑。虽年逾耄鳌,而思维敏锐,说话极有条理。不足之处是:一旦开口,就如悬河泄水,滔滔不绝;又如开了闸,再也关不住,水不断涌出。在那个大学里流传着一个传说:在学校召开的会上,某老一开口发言,有的人就退席回家吃饭,饭后再回到会场,某老谈兴正浓。据说有一次博士生答辩会,规定开会时间为两个半小时,某老参加,一口气讲了两个小时,这个会会是什么结果,答辩委员会的主席会有什么想法和措施,他会怎样抓耳挠腮,坐立不安,概可想见了。

另一个例子是一位著名的敦煌画家。他年轻的时候,头脑清楚,并不喜欢说话。一进入老境,脾气大变,也许还有点老年痴呆症的原因,说话既多又不清楚。有一年,在北京国家图书馆新建的大礼堂中召开中国敦煌吐鲁番学会的年会,开幕式必须请此老讲话。我们都知道他有这个毛病,预先请他夫人准备了一个发言稿,简捷而扼要,塞入他的外衣口袋里,再三叮嘱他,念完就退席。然而,他一登上主席台就把此事忘得一干二净,摆开架子,开口讲话,听口气是想从开天辟地讲起,如果讲到那一天的会议,中间至少有三千年的距离,主席有点沉不住气了。我们连忙采取紧急措施,把他夫人请上台,从他口袋里掏出发言稿,让他照念,然后下台如仪,会议才得以顺利进行。

类似的例子还可以举出一些来,我不再举了。根据我个人的观察,不是每一个老人都有这个小毛病,有的人就没有。我说它是"小毛病",其实并不小。试问,我上面举出的开会的例子,难道那还不会制造极为尴尬的局面吗?当然,话又说了回来,爱说长话的人并不限于老年,中青年都有,不过以老年为多而已。因此,我编了四句话,奉献给老人:年老之人,血气已衰;煞车失灵,戒之在说。

二忌:倚老卖老

五十年代和六十年代前期,中国政治生活还比较(我只说是"比较")正常的时候,周恩来招待外宾后,有时候会把参加招待的中国同志在外宾走后留下来,谈一谈招待中有什么问题或纰漏,有点总结经验的意味。这时候刚才外宾在时严肃的场面一变而为轻松活泼,大家都争着发言,谈笑风生,有时候一直谈到深夜。

有一次,总理发言时使用了中国常见的"倚老卖老"这个词儿。翻译一时有点迟疑,不知道怎样恰如其分地译成英文。总理注意到了,于是在客人走后就留下中国同志,议论如何翻译好这个词儿。大家七嘴八舌,最终也没能得出满意的结论。我现在查了两部《汉英词典》,都把这个词儿译为:To take advantage of one's seniority or old age. 意思是利用自己的年老,得到某一些好处,比如脱落形迹之类。我认为基本能令人满意的;但是"达到脱落形迹的目的",似乎还太狭隘了一点,应该是"达到对自己有利的目的"。

人世间确实不乏"倚老卖老"的人,学者队伍中更为常见。眼前请大家自己去找。我讲点过去的事情,故事就出在清吴敬梓的《儒林外史》中。吴敬梓有刻画人物的天才,着墨不多,而能活灵活现。第十八回,他写了两个时文家。胡三公子请客:

四位走进书房，见上面席间先坐着两个人，方巾白须，大模大样，见四位进来，慢慢立起身。严贡生认得，便上前道："卫先生、随先生都在这里，我们公揖。"当下作过了揖，请诸位坐。那卫先生、随先生也不谦让，仍旧上席坐了。

倚老卖老，架子可谓十足。然而本领却并不怎么样，他们的诗，"且夫""尝谓"都写在内，其余也就是文章批语上采下来的几个字眼。一直到今天，倚老卖老，摆老架子的人大都如此。

平心而论，人老了，不能说是什么好事，老态龙钟，惹人厌恶；但也不能说是什么坏事。人一老，经验丰富，识多见广。他们的经验，有时会对个人甚至对国家是有些用处的。但是，这种用处是必须经过事实证明的，自己一厢情愿地认为有用处，是不会取信于人的。另外，根据我个人的体验与观察，一个人，老年人当然也包括在里面，最不喜欢别人瞧不起他。一感觉到自己受了怠慢，心里便不是滋味，甚至怒从心头起，拂袖而去。有时闹得双方都不愉快，甚至结下怨仇。这是完全要不得的。一个人受不受人尊敬，完全决定了你有没有值得别人尊敬的地方。在这里，摆架子，倚老卖老，都是枉然的。

三忌：思想僵化

人一老，在生理上必然会老化；在心理上或思想上，就会僵化。此事理之所必然，不足为怪。要举典型，有鲁迅的九斤老太在。

从生理上来看，人的躯体是由血、肉、骨等物质的东西构成的，是物质的东西就必然要变化、老化，以致消逝。生理的变化和老化必然影响心理或思想，这是无法抗御的。但是，变化、老化或僵化却因人而异，并不能一视同仁。有的人早，有的人晚；有的人快，有的人慢。所谓老年痴呆症，只是老化的一个表现形式。

空谈无补于事，试举一标本，加以剖析。远在天边，近在眼前，标本就是我自己。我已届九旬高龄，古今中外的文人能活到这个年龄者只占极少数。我不相信这是由于什么天老爷、上帝或佛祖的庇佑，而是享了新社会的福。现在，我目虽不太明，但尚能见物；耳虽不太聪，但尚能闻声。看来距老年痴呆和八宝山还有一段距离，我也还没有这样的计划。

但是，思想僵化的迹象我也是有的。我的僵化同别人或许有点不同：它一半自然，一半人为；前者与他人共之，后者则为我所独有。

我不是九斤老太一党，我不但不认为"一代不如一代"，而且确信"雏凤清于老凤声"。可是最近几年来，一批"新人类"或"新新人类"脱颖而出，他们好像是一批外星人，他们的思想和举止令我迷惑不解，惶恐不安。这算不算是自然的思想僵化呢？

至于人为的思想僵化，则多一半是一种逆反心理在作祟。就拿穿中山装来做例子，我留德十年，当然是穿西装的。解放以后，我仍然有时改着西装。可是改革开放以来，不知从哪吹来了一股风，一夜之间，西装遍神州大地矣。我并不反对穿西装；但我不承认西装就是现代化的标志，而且打着领带锄地，我也觉得滑稽可笑。于是我自己就"僵化"起来，从此再不着西装，国内国外，大小典礼，我一律蓝色卡其布中山装一袭，以不变应万变矣。

还有一个"化"，我不知道怎样称呼它。世界科技进步，一日千里，没有科技，国难以兴，事理至明，无待赘言。科技给人类带来的幸福，也是有目共睹的。但是，它带来了危害，也无法掩饰。世界各国现在都惊呼环保，环境污染难道不是科技发展带来的吗？犹有进者。我突然感觉到，科技好像是龙虎山张天师镇妖瓶中放出来的妖魔，一旦放出来，你就无法控制。只就克隆技术一端言之，将来能克隆人，指日可待。一旦实现，则人类社会迄今行之有效的法律准则和伦理规范，必遭破坏。将来的人类社会变成什么样的社会呢？我有点不寒而栗。这似乎不尽属于"僵化"范畴，但又似乎与之接近。

四忌：不服老

服老，《现代汉语词典》的解释："承认年老。"可谓简明扼要。人上了年纪，是一个客观事实，服老就是承认它，这是唯物主义的态度。反之，不承认，也就是不服老倒迹近唯心了。

中国古代的历史记载和古典小说中，不服老的例子不可胜数，尽人皆知，无须列举。但是，有一点我必须在这里指出来：古今论者大都为不服老唱赞歌，这有点失于偏颇，绝对地无条件地赞美不服老，有害无益。

空谈无补，举几个实例，包括我自己。

1949年春夏之交，解放军进城还不太久，忘记了是出于什么原因，毛泽东的老师徐特立约我在他下榻的翠明庄见面。我准时赶到，徐老当时年已过八旬，从楼上走下，卫兵想去扶他，他却不停地用胳膊肘捣卫兵的双手，一股不服老的劲头至今给我留下了难忘的印象。

再一个例子是北大二十年代的教授陈翰笙先生。陈先生生于1896年，跨越了三个世纪，至今仍然健在。他晚年病目失明，但这丝毫也没有影响了他的活动，有会必到。有人去拜访他，他必把客人送到电梯门口。有时还会对客人伸一伸胳膊，踢一踢腿，表示自己有的是劲。前几年，每天还安排时间教青年英文，分文不取。这样的不服老我是钦佩的。

也有人过于服老。年不到五十，就不敢吃蛋黄和动物内脏，怕胆固醇增高。这样的超前服老，我是不敢钦佩的。

至于我自己，我先讲一段经历。是在1995年，当时我已经达到了八十四岁高龄。然而我却丝毫没有感觉到，不知老之已至，正处在平生写作的第二个高峰中。每天跑一趟大图书馆，几达两年之久，风雪无阻。我已经有点忘乎所以了。一天早晨，我照例四点半起床，到东边那一单元书房中去写作。一转瞬间，肚子里向我发出信号：该填一填它了。一看表，已经六点多了。于是我放下笔，准备回西房吃早点。可是不知是谁把门从外面锁上了，里面开不开。我大为吃惊，回头看到封了顶的阳台上有一扇玻璃窗可以打开。我于是不假思索,立即开窗跳出,从窗口到地面约有一米八高。我一堕地就跌了一个大马趴,脚后跟有点痛。旁边就是洋灰台阶的角,如果脑袋碰上,后果真不堪设想,我后怕起来了。我当天上下午都开了会,第二天又长驱数百里到天津南开大学去做报告。脚已经肿了起来。第三天,到校医院去检查,左脚跟有点破裂。

我这样的不服老,是昏聩糊涂的不服老,是绝对要不得的。

我在上面讲了不服老的可怕,也讲到了超前服老的可笑。然则何去何从呢?我认为,在战略上要不服老,在战术上要服老,二者结合,庶几近之。

五忌:无所事事

这是一个比较复杂的问题,必须细致地加以分析,区别对待,不能一概而论。

达官显宦,在退出政治舞台之后,幽居府邸,"庭院深深深几许",我辈槛外人无法窥知,他们是无所事事呢,还是有所事事,无从谈起,姑存而不论。

富商大贾,一旦钱赚够了,年纪老了,把事业交给儿子、女儿或女婿,他们是怎样度过晚年的,我们也不得而知,我们能知道的只是钞票不能拿来炒着吃。这也姑且存而不论。

说来说去,我所能够知道的只是工、农和知识分子这些平头老百姓。中国古人说:"一事不知,儒者之耻。"今天,我这个"儒者"却无论如何也没有胆量说这样的大话。我只能安分守己,夹起尾巴来做人,老老实实地只谈论老百姓的无所事事。

我曾到过承德,就住在避暑山庄对面的一个旅馆里。每天清晨出门散步,总会看到一群老人,手提鸟笼,把笼子挂在树枝上,自己则分坐在山庄门前的石头上,"闲坐说玄宗"。一打听,才知道他们多是旗人,先人是守卫山庄的八旗兵,而今老了,无所事事,只有提鸟笼子。试思:他们除了提鸟笼子外还能干什么呢?他们这种无所事事,不必探究。

北大也有一批退休的老工人,每日以提鸟笼为业。过去他们常聚集在我住房附近的一座石桥上,鸟笼也是挂在树枝上,笼内鸟儿放声高歌,清脆嘹亮。我走过时,也禁不住驻足谛听,闻而乐之。这一群工人也可以说是无所事事,然而他们又怎样能有所事事呢?

现在我只能谈我自己也是其中一分子,因而我最了解情况的知识分子。国家给年老的知识分子规定了退休年龄,这是合情合理的,应该感激的。但是,知识分子行当不同,身体条件也不相同。是否能做到老有所为,完全取决于自己,不取决于政府。自然科学和技术,我不懂,不敢瞎说。至于人文社会科学,则我是颇为熟悉的。一般说来,社会科学的研究不靠天才火花一时的迸发,而靠长期积累。一个人到了六十多岁退休的关头,往往正是知识积累和资料积累达到炉火纯青的时候。一旦退下,对国家和个人都是一个损失。有进取心有干劲者,可能还会继续干下去的。可是大多数人则无所事事。我在南北几个大学中都听到了有关"散步教授"

的说法，就是一个退休教授天天在校园里溜达，成了全校著名的人物。我没同"散步教授"谈过话，不知道他们是怎样想的。估计他们也不会很舒服。锻炼身体，未可厚非。但是，整天这样"锻炼"，不也太乏味太单调了吗？学海无涯，何妨再跳进去游泳一番，再扎上两个猛子，不也会身心两健吗？蒙田说得好："如果大脑有事可做，有所制约，它就会在想象的旷野里驰骋，有时就会迷失方向。"

六忌：提当年勇

我做了一个梦。

我驾着祥云或别的什么云，飞上了天宫，在凌霄宝殿多功能厅里，参加了一个务虚会。第一个发言的是项羽。他历数早年指挥雄师数十万，横行天下，各路诸侯皆俯首称臣，他是诸侯盟主，颐指气使，没有敢违抗者。鸿门设宴，吓得刘邦像一只小耗子一般。说到尽兴处，手舞足蹈，唾沫星子乱溅。这时忽然站起来了一位天神，问项羽：四面楚歌，乌江自刎是怎么一回事呀？项羽立即垂下了脑袋，仿佛是一个泄了气的皮球。

第二个发言的是吕布，他手握方天画戟，英气逼人。他放言高论，大肆吹嘘自己怎样戏貂婵，杀董卓，为天下人民除害；虎牢关力敌关、张、刘三将，天下无敌。正吹得眉飞色舞，一名神仙忽然高声打断了他的发言："白门楼上向曹操下跪，恳求饶命，大耳贼刘备一句话就断送了你的性命，是怎么一回事呢？"吕布面色立变，流满了汗，立即下台，像一只斗败了的公鸡。

　　第三个发言的是关羽。他久处天宫，大地上到处都有关帝庙，房子多得住不过来。他威仪俨然，放不下神架子。但发言时，一谈到过五关斩六将，用青龙偃月刀挑起曹操捧上的战袍时，便不禁圆睁丹凤眼，猛抖卧蚕眉，兴致淋漓，令人肃然。但是又忽然站起了一位天官，问道："夜走麦城是怎么一回事呢？"关公立即放下神架子，神色仓皇，脸上是否发红，不得而知，因为他的脸本来就是红的。他跳下讲台，在天宫里演了一出夜走麦城。

　　我听来听去，实在厌了，便连忙驾祥云回到大地上，正巧落在绍兴，又正巧阿Q被小D抓住辫子往墙上猛撞，阿Q大呼："我从前比你阔得多了！"可是小D并不买账。

　　谁一看都能知道，我的梦是假的。但是，在芸芸众生中，特别是在老年中，确有一些人靠自夸当年勇来过日子。我认为，这也算是一种自然现象。争胜好强也许是人类的一种本能。但一旦年老，争胜有心，好强无力，便难免产生一种自卑情结。可又不甘心自卑，于是只有自夸当年勇一途，可以聊以自慰。对于这种情况，别人是爱莫能助的。"解铃还是系铃人"，只有自己随时警惕。

　　现在有一些得了世界冠军的运动员有一句口头禅：从零开始。意思是，不管冠军或金牌多么灿烂辉煌，一旦到手，即成过去，从现在起又要从零开始了。

　　我觉得，从零开始是唯一正确的想法。

七忌：自我封闭

这里专讲知识分子，别的界我不清楚。但是，行文时也难免涉及社会其他阶层。中国古人说："人生识字忧患始。"其实不识字也有忧患。道家说，万物方生方死。人从生下的一刹那开始，死亡的历程也就开始了。这个历程可长可短，长可能到一百年或者更长，短则几个小时，几天，少年夭折者有之，英年早逝者有之，中年弃世者有之，好不容易，跌跌撞撞，坎坎坷坷，熬到了老年，早已心力交瘁了。

能活到老年，是一种幸福，但也是一种灾难。并不是每一个人都能活到老年，所以说是幸福；但是老年又有老年的难处，所以说是灾难。

老年人最常见的现象或者灾难是自我封闭。封闭，有行动上的封闭，有思想感情上的封闭，形式和程度又因人而异。老年人有事理广达者，有事理欠通达者。前者比较能认清宇宙万物以及人类社会发展的规律，了解到事物的改变是绝对的，不变是相对的，千万不要求事物永恒不变。后者则相反，他们要求事物永恒不变；即使变，也是越变越坏，上面讲到的九斤老太就属于此类人。这一类人，即使仍然活跃在人群中，但在思想感情方面，他们却把自己严密地封闭起来了。这是最常见的一种自我封闭的形式。

空言无益，试举几个例子。

我在高中读书时，有一位教经学的老师，是前清的秀才或举人。五经和四书背得滚瓜烂熟，据说还能倒背如流。他教我们《书经》和《诗经》，从来不带课本，业务是非常熟练的。

可学生并不喜欢他。因为他张口闭口:"我们大清国怎样怎样。"学生就给他起了一个诨名"大清国",他真实的姓名反隐而不彰了。我们认为他是老顽固,他认为我们是新叛逆。我们中间不是代沟,而是万丈深渊,是他把自己完全封闭起来了。

再举一个例子。我有一位老友,写过新诗,填过旧词,毕生研究中国文学史,都达到了相当高的水平。他为人随和,性格开朗,并没有什么乖僻之处。可是,到了最近几年,突然产生了自我封闭的现象,不参加外面的会,不大愿意见人,自己一个人在家里高声唱歌。我曾几次以老友的身份,劝他出来活动活动,他都婉言拒绝。他心里是怎样想的,至今对我还是一个谜。

我认为,老年人不管有什么形式的自我封闭现象,都是对个人健康不利的。我奉劝普天下老年人力矫此弊。同青年人在一起,即使是"新新人类"吧,他们身上的活力总会感染老年人的。

八忌:叹老嗟贫

叹老嗟贫,在中国的读书人中,是常见的现象,特别是所谓怀才不遇的人们中,更是特别突出。我们读古代诗文,这样的内容随时可见。在现代的知识分子中,这种现象比较少见了,难道这也是中国知识分子进化或进步的一种表现吗?

我认为,这是一个十分值得研究的课题。它是中国知识分子学和中西知识分子比较学的重要内容。

　　我为什么又拉扯上了西方知识分子呢？因为他们与中国的不同，是现成的参照系。

　　西方的社会伦理道德标准同中国不同，实用主义色彩极浓。一个人对社会有能力做贡献，社会就尊重你。一旦人老珠黄，对社会没有用了，社会就丢弃你，包括自己的子孙也照样丢弃了你，社会舆论不以为忤。当年我在德国哥廷根时，章士钊的夫人也同儿子住在那里，租了一家德国人的三楼居住。我去看望章伯母时，走过二楼，经常看到一间小屋关着门，门外地上摆着一碗饭，一丝热气也没有。我最初认为是喂猫或喂狗用的。后来一打听，才知道是给小屋内卧病不起的母亲准备的饭菜。同时，房东还养了一条大狼狗，一天要吃一斤牛肉。这种天上人间的情况无人非议，连躺在小屋内病床上的老太太大概也会认为所有这一切都是顺理成章的吧。

　　在这种狭隘的实用主义大潮中，西方的诗人和学者极少极少写叹老嗟贫的诗文。同中国比起来，简直不成比例。

　　在中国，情况则大大地不同。中国知识分子一向有"学而优则仕"的传统。过去一千多年以来，仕的途径只有一条，就是科举。"千军万马过独木桥"，所有的读书人都拥挤在这一条路上，从秀才——举人向上爬，爬到进士参加殿试，僧多粥少，极少数极幸运者可以爬完全程，"仕宦而至将相，富贵而归故乡"，达到这个目的的万中难得一人。大家只要读一读《儒林外史》，便一目了然。在这样的情况下，倘若科举不利，老而又贫，除了叹老嗟贫以外，实在无路可走了。

古人说"诗必穷而后工",其中"穷"字也有科举不利这个含义。古代大官很少有好诗文传世,其原因实在耐人寻味。

今天,时代变了。但是"学而优则仕"的幽灵未泯,学士、硕士、博士、院士代替了秀才、举人、进士、状元。骨子里并没有大变。在当今知识分子中,一旦有了点成就,便立即披上一顶乌纱帽,这现象难道还少见吗?

今天的中国社会已能跟上世界潮流,但是,封建思想的残余还不容忽视。我们都要加以警惕。

九忌:老想到死

好生恶死,为所有生物之本能。我们只能加以尊重,不能妄加评论。

作为万物之灵的人,更是不能例外。俗话说:"黄泉路上无老少。"可是人一到了老年,特别是耄耋之年,离那个长满了野百合花的地方越来越近了,此时常想到死,更是非常自然的。

今人如此,古人何独不然!中国古代的文学家、思想家、骚人、墨客大都关心生死问题。根据我个人的思考,各个时代是颇不相同的。两晋南北朝时期似乎更为关注。粗略地划分一下,可以分为三派。第一派对死十分恐惧,而且十分坦荡地说了出来。这一派可以江淹为代表。他的《恨赋》一开头就说:"试望平原,蔓草萦骨,拱木敛魂。人生到此,天道宁论。"最后几句话是:"自古皆有死。莫不饮恨而吞声!"话说得再清楚不过了。

第二派可以"竹林七贤"为代表。《世说新语·任诞第二十三》第一条就讲到阮籍、嵇康、山涛、刘伶、阮咸、向秀和王戎"常集于竹林之中，肆意酣畅"。这是一群酒徒。其中最著名的刘伶命人荷锸跟着他，说："死便埋我！"对死看得十分豁达。实际上，情况正相反，他们怕死怕得发抖，聊作姿态以自欺欺人耳。其中当然还有逃避残酷的政治迫害的用意。

第三派可以陶渊明为代表。他的意见具见他的诗《神释》中。诗中有这样的话："老少同一死，贤愚无复数。日醉或能忘，将非促龄具！立善常所欣，谁当为此举？甚念伤吾生，正宜委运去。纵浪大化中，不喜亦不惧。应尽便须尽，无复独多虑。"他反对酗酒麻醉自己，也反对常想到死。我认为，这是最正确的态度。最后四句诗成了我的座右铭。

我在上面已经说到，老年人想到死，是非常自然的。关键是：想到以后，自己抱什么态度。惶惶不可终日，甚至饮恨吞声，最要不得，这样必将成陶渊明所说的"促龄具"。最正确的态度是顺其自然，泰然处之。

鲁迅不到五十岁，就写了有关死的文章。王国维则说："五十之年，只欠一死。"结果投了昆明湖。我之所以能泰然处之，有我的特殊原因。"十年浩劫"中，我已走到过死亡的边缘上，一个千钧一发的偶然性救了我。从那以后，多活一天，我都认为是多赚的。因此就比较能对死从容对待了。

我在这里诚挚奉劝普天之下的年老又通达事情的人，偶尔想一下死，是可以的，但不必老想。我希望大家都像我一样，以陶渊明《神释》诗最后四句为座右铭。

十忌：愤世嫉俗

愤世嫉俗这个现象，没有时代的限制，也没有年龄的限制。古今皆有，老少具备，但以年纪大的人为多。它对人的心理和生理都会有很大的危害，也不利于社会的安定团结。世事发生必有其因。愤世嫉俗的产生也自有其原因。归纳起来，约有以下诸端：

首先，自古以来，任何时代，任何朝代，能完全满足人民大众的愿望者，绝对没有。不管汉代的文景之治怎样美妙，唐代的贞观之治和开元之治怎样理想，宫廷都难免腐败，官吏都难免贪污，百姓就因而难免不满，其尤甚者就是愤世嫉俗。

其次，"学而优则仕"达不到目的，特别是科举时代名落孙山者，人不在少数，必然愤世嫉俗。这在中国古代小说中可以找出不少的典型。

再次，古今中外都不缺少自命天才的人。有的真有点天才或者才干，有的则只是个人妄想，但是别人偏不买账，于是就愤世嫉俗。其尤甚者，如西方的尼采要"重新估定一切价值"，又如中国的徐文长。结果无法满足，只好自己发了疯。

最后，也是最常见的，对社会变化的迅猛跟不上，对新生事物看不顺眼，是九斤老太一党；九斤老太不识字，只会说："一代不如一代"，识字的知识分子，特别是老年人，便表现为愤世嫉俗，牢骚满腹。

以上只是一个大体的轮廓，不足为据。

在中国文学史上，愤世嫉俗的传统，由来已久。《楚辞》的"黄钟毁弃，瓦釜雷鸣"等语就是最早的证据之一。以后历代的文人多有愤世嫉俗之作，形成了知识分子性格上的一大特点。

我也算是一个知识分子，姑以我自己为麻雀，加以剖析。愤世嫉俗的情绪和言论，我也是有的。但是，我又有我自己的表现方式。我往往不是看到社会上的一些不正常现象而牢骚满腹，怪话连篇，而是迷惑不解，惶恐不安。我曾写文章赞美过代沟，说代沟是人类进步的象征。这是我真实的想法。可是到了目前，我自己也傻了眼，横亘在我眼前的像我这样老一代人和一些"新人类""新新人类"之间的代沟，突然显得其阔无限，其深无底，简直无法逾越了，仿佛把人类历史断成了两截。我感到恐慌，我不知道这样发展下去将伊于胡底。我个人认为，这也是愤世嫉俗的一种表现形式，是要不得的；可我一时又改变不过来，为之奈何！

我不知道，与我想法相同或者相似的有没有人在，有的话，究竟有多少人。我想来想去，觉得还是毛泽东的两句诗好："牢骚太盛防肠断，风物长宜放眼量。"

2000年2月22日

论朋友

人类是社会动物。一个人在社会中不可能没有朋友。任何人的一生都是一场搏斗。在这一场搏斗中，如果没有朋友，则形单影只，鲜有不失败者。如果有了朋友，则众志成城，鲜有不胜利者。

因此，在人类几千年的历史上，任何国家，任何社会，没有不重视交友之道的，而中国尤甚。在宗法伦理色彩极强的中国社会中，朋友被尊为五伦之一，曰"朋友有信"。我又记得什么书中说："朋友，以义合者也。""信""义"含义大概有相通之处。后世多以"义"字来要求朋友关系，比如《三国演义》"桃园三结义"之类就是。

《说文》对"朋"字的解释是"凤飞，群鸟从以万数，故以为朋党字"。"凤"和"朋"大概只有轻唇音重唇音之别。对"友"的解释是"同志为友"。意思非常清楚。中国古代，肯定也有"朋友"二字连用的，比如《孟子》。《论语》："有朋自远方来，不亦乐乎！"却只用一个"朋"字。不知从什么时候起，"朋友"才经常连用起来。

在中国几千年的历史上，重视友谊的故事不可胜数。最著名的是管鲍之交,钟子期和伯牙的故事,等等。刘、关、张三结义更是有口皆碑。一直到今天,我们还讲究"哥儿们义气",发展到最高程度,就是"为朋友两肋插刀"。只要不是结党营私,我们是非常重视交朋友的。我们认为,中国古代把朋友归入五伦是有道理的。

我们现在看一看欧洲人对友谊的看法。欧洲典籍数量虽然远远比不上中国,但是,称之为汗牛充栋也是当之无愧的。我没有能力来旁征博引,只能根据我比较熟悉的一部书来引证一些材料,这就是法国著名的《蒙田随笔》。

《蒙田随笔》上卷,第28章,是一篇叫做《论友谊》的随笔。其中有几句话:

> 我们喜欢交友胜过其他一切,这可能是我们本性所使然。亚里士多德说,好的立法者对友谊比对公正更关心。

寥寥几句,充分说明西方对友谊之重视。蒙田接着说:

> 自古就有四种友谊:血缘的、社交的、待客的和男女情爱的。

这使我立即想到,中西对友谊含义的理解是不相同的。根据中国的标准,"血缘的"不属于友谊,而属于亲情。"男女情爱的"也不属于友谊,而属于爱情。对此,蒙田有长篇累牍的解释，我无法一一征引。我只举他对爱情的几句话：

爱情一旦进入友谊阶段，也就是说，进入意愿相投的阶段，它就会衰落和消逝。爱情是以身体的快感为目的，一旦享有了，就不复存在。相反，友谊越被人向往，就越被人享有，友谊只是在获得以后才会升华、增长和发展，因为它是精神上的，心灵会随之净化。

这一段话，很值得我们仔细推敲、品味。

1999 年 10 月 26 日

三思而行

"三思而行",是我们现在常说的一句话。主要劝人做事不要鲁莽,要仔细考虑,然后行动,则成功的可能性会大一些,碰壁的可能性会小一些。

要数典而不忘祖,也并不难。这个典故就出在《论语·公冶长第五》:"季文子三思而后行。子闻之曰:'再,斯可矣。'"这说明,孔老夫子是持反对意见的。吾家老祖宗文子(季孙行父)的三思而后行的举动,二千六七百年以来,历代都得到了几乎全天下人的赞扬,包括许多大学者在内。查一查《十三经注疏》,就能一目了然。《论语正义》说:"三思者,言思之多,能审慎也。"许多书上还表扬了季文子,说他是"忠而有贤行者"。甚至有人认为三思还不够。《三国志·吴志·诸葛恪传注》中说:有人劝恪"每事必十思"。可是我们的孔圣人却冒天下之大不韪,批评了季文子三思过多,只思二次(再)就够了。

这怎么解释呢?究竟谁是谁非呢?

我们必须先弄明白,什么叫"三思"。总起来说,对此有两个解释,一个是"言思之多",这在上面已经引过。一个是"君子之谋也,始衷(中)终皆举之而后入焉"。这话虽为文子自己所说,然而孔子以及上万上亿的众人却不这样理解。他们理解,一直到今天,仍然是"多思"。

多思有什么坏处呢?又有什么好处呢?根据我个人几十年来的体会,除了下围棋、象棋,等等以外,多思有时候能使人昏昏,容易误事。平常骂人说是"不肖子孙",意思是与先人的行动不一样的人。我是季文子的最"肖"子孙。我平常做事不但三思,而且超过三思,是否达到了人们要求诸葛恪做的"十思",没作统计,不敢乱说。反正是思过来,思过去,越思越糊涂,终而至头昏昏然,而仍不见行动,不敢行动。我这样一个过于细心的人,有时会误大事的。我觉得,碰到一件事,决不能不思而行,鲁莽行动。记得当年在德国时,法西斯统治正如火如荼,一些盲目崇拜希特勒的人,常常使用一个词儿 Darauf-galngertum,意思是"说干就干,不必思考"。这是法西斯的做法,我们必须坚决扬弃。遇事必须深思熟虑,先考虑可行性,考虑的方面越广越好。然后再考虑不可行性,也是考虑的方面越广越好。正反两面仔细考虑完以后,就必须加以比较,做出决定,立即行动。如果你考虑正面,又考虑反面之后,再回头来考虑正面,又再考虑反面,那么,如此循环往复,终无宁日,最终成为考虑的巨人,行动的侏儒。

所以,我赞成孔子的"再,斯可矣"。

满招损,谦受益

这本来是中国一句老话,来源极古,《尚书·大禹谟》中已经有了,以后历代引用不辍,一直到今天,还经常挂在人们嘴上。可见此话道出了一个真理,经过将近三千年的检验,益见其真实可靠。

这话适用于干一切工作的人,做学问何独不然?可是,怎样来解释呢?

根据我自己的思考与分析,满(自满)只有一种:真。假自满者,未之有也。吹牛皮,说大话,那不是自满,而是骗人。谦(谦虚)却有两种,一真一假。假谦虚的例子,真可以说是俯拾即是。故作谦虚状者,比比皆是。中国人的"菲酌""拙作"之类的词,张嘴即出。什么"指正""斧正""晒正"之类的送人自己著作的谦词,谁都知道是假的,然而谁也必须这样写。这种谦词已经深入骨髓,不给任何人留下任何印象。日本人赠人礼品,自称"粗品"者,也属于这一类。这种虚伪的谦虚不会使任何人受益。西方人无论如何也是不能理解的。为什么拿"菲酌"而不拿盛宴来宴请客人?为什么拿"粗品"而不拿精品送给别人?对西方人简直是一个谜。

我们要的是真正的谦虚，做学问更是如此。如果一个学者，不管是年轻的，还是中年的、老年的，觉得自己的学问已经够大了，没有必要再进行学习了，他就不会再有进步。事实上，不管你搞哪一门学问，决不会有搞得完全彻底一点问题也不留的。人即使能活上一千年，也是办不到的。因此，在做学问上谦虚，不但表示这个人有道德，也表示这个人是实事求是的。听说康有为说过，他年届三十，天下学问即已学光。仅此一端，就可以证明，康有为不懂什么叫学问。现在有人尊他为"国学大师"，我认为是可笑的。他至多只能算是一个革新家。

在当今中国的学坛上，自视甚高者，所在皆是；而真正虚怀若谷者，则绝无仅有。我不认为这是一个好现象。有不少年轻的学者，写过几篇论文，出过几册专著，就傲气凌人。这不利于他们的进步，也不利于中国学术前途的发展。

我自己怎样呢？我总觉得自己不行。我常常讲，我是样样通，样样松。我一生勤奋不辍，天天都在读书写文章，但一遇到一个必须深入或更深入钻研的问题，就觉得自己知识不够，有时候不得不临时抱佛脚。人们都承认，自知之明极难；有时候，我却觉得，自己的"自知之明"过了头，不是虚心，而是心虚了。因此，我从来没有觉得自满过。这当然可以说是一个好现象。但是，我又遇到了极大的矛盾：我觉得真正行的人也如凤毛麟角。我总觉得，好多学人不够勤奋，天天虚度光阴。我经常处在这种心理矛盾中。别人对我的赞誉，我非常感激；但是，我并没有被这些赞誉冲昏了头脑，我头脑是清楚的。我只劝大家,不要全信那一些对我赞誉的话,特别是那一些顶高得惊人的帽子,我更是受之有愧。

第六章 走运时,要想到倒霉,不要得意得过了头;倒霉时,要想到走运,不必垂头丧气

睁一只眼　闭一只眼

我活了八十多岁,到现在才真正第一次真切地感觉到:我有两只眼睛。

在过去八十多年中,两只眼睛合作得像一只眼睛一样,只有和谐,没有矛盾;只有合作,没有冲突。它俩陪我走过了世界上三十个国家,看到过撒哈拉大沙漠,看到过塔克拉玛干大沙漠;看到过尼罗河、幼发拉底河、湄公河,看到过长江、黄河;看到过黄山的云海,看到过泰山的五大夫松;看到过春花,看到过秋月;看到过朝霞,看到过夕照;看到过朋友,看到过敌人;看遍了大千世界的众生相,并且探幽烛微,深窥某一些人的心灵深处。总之,是它们俩帮助我了解了世界,了解了人情。否则我只能是盲人一个,浑浑噩噩,糊涂一生。

然而,我却从未意识到它们竟是两个。

最近,由于白内障,右眼动了手术,而左眼没有动。结果大出我意料:右眼的视力达到了0.6,能看清我多年认为是黑色的毛衣原来是深蓝色的,我非常惊喜。可是,如果闭上右眼,睁开左眼,我的毛衣仍然是黑色的。这又令我极为扫兴。我的两只合作了八十多年的眼睛，现在忽然闹起矛盾来：它们原来是两个。

这给我带来了极大的困难。

搞我们这一行爬格子的人，看书写字都离不开眼睛。现在两只眼忽然不合作起来，看稿纸，一边是白而亮的；另一边却是阴暗昏黄的，你让我怎样下笔？一不小心，偏听偏信了某一只眼睛，字就会写得出了格子，不成字形。

中国老百姓有一句俗话："睁一只眼，闭一只眼。"意思是看到了非法之事或非法之人，你就睁一只眼，闭一只眼，装作没有看见。这是和稀泥，息事宁人的歪门邪道，不属于中国老百姓崇高的伦理标准。然而奉行此话者却大有人在。我并不赞成，但有时却也想仿效。我是赞成"路见不平，拔刀相助"的。根据眼前的社会风气，我看还是不拔刀为好。有时候你拔刀相助那个人本身一看风头不对，会对你反咬一口的。

如果我现在想运用"睁一只眼，闭一只眼"这个法宝，却凭空增加了困难。我究竟应该闭哪一只眼又睁哪一只眼呢？闭左眼，没有用；因为即使睁开也是白睁，眼前一片昏暗，什么也看不见。如果睁开右眼，则眼前光明辉耀，物无遁形，想装看不见，也是不可能的了。

我现在深悔，不应该为右眼动手术。如果不动的话，则两只眼同样老花昏暗，不法之事和不法之人，我根本看不清，用不着睁一只眼，闭一只眼，就能够六根清净，心地圆融，根本不伤什么脑筋。可我现在既然已经动了，决无恢复原状的可能。那么,怎么办呢?我只能套用李密《陈情表》中的两句话:"羡林进退,实为狼狈。"

养生无术是有术

黄伟经兄来信,为《羊城晚报·健与美副刊》向我索稿。他要我办的事,我一向是敬谨遵命的,这一次也不能例外。但是,健美双谈,我确有困难。我老态龙钟,与美无缘久矣。美是无从谈起了。至于健嘛,却是能谈一点的。

我年届耄耋,慢性病颇有一些,但是,我认为,这完全符合规律,从不介意。现在身躯顽健,十里八里,抬腿就到。每天仍工作七八个小时,论文每天也能写上几千字。毫不含糊。别人以此为怪,我却颇有点沾沾自喜。小友粟德全在 *China Daily* 上写文章,说我有点忘记了自己的年龄。他说到了点子上。我虽忘记了年龄,但却没有忘乎所以,胡作非为。我还是有点自知之明的。

在这样的情况下,很多人总要问我有什么养生之术,有什么秘诀。我的回答是:没有秘诀,也从来不追求什么秘诀。我有一个三不主义,这就是,不锻炼,不挑食,不嘀咕。这需要解释一下。所谓"不锻炼",决不是一概反对体育锻炼。我只是反对那些"锻炼主义者"。对他们来说,天地——锻炼也,人生——锻炼也。我觉得,人生的意义与价值就在于工作。工作必须有健康的体魄，但更重要的是必须有时间。如果大部分时间都用于体育锻炼，这有什么意义呢？至于"不挑食"，那容易了解。不管哪一国的食品，只要合我的口味，我张嘴便吃。什么胆固醇，什么高脂肪，统统见鬼去吧！那些吃东西左挑右拣，战战兢兢，吃鸡蛋不吃黄，吃肉不吃内脏。结果胆固醇反而越来越高。我的胆固醇从来没有高过，人皆以为怪，其实有什么可怪呢？至于"不嘀咕"，上面讲的那些话里面实际上已经涉及了。我从来不为自己的健康而愁眉苦脸。有的人无病装病，有的人无病幻想自己有病。我看了十分感到别扭，感到腻味。

我是陶渊明的信徒。他的四句诗：

纵浪大化中，
不喜亦不惧。
应尽便须尽，
无复独多虑。

这就是我的座右铭。

我这一篇短文的题目是《养生无术是有术》。初看时恐怕有点难解。现在短文结束了，再回头看这个题目，不是一清二楚了吗？至少我希望是这样。

当时只道是寻常

这是一句非常明白易懂的话,却道出了几乎人人都有的感觉。所谓"当时"者,指人生过去的某一个阶段。处在这个阶段中时,觉得过日子也不过如此,是很寻常的。过了十几二十年或者更长的时间,回头一看,当时实在有不寻常者在。因此有人,特别是老年人,喜欢在回忆中生活。

在中国,这种情况更比较突出,魏晋时代的人喜欢做羲皇上人。这是一种什么心理呢?"鸡犬之声相闻,而老死不相往来",真就那么好吗?人类最初不会种地,只是采集植物,猎获动物,以此为生。生活是十分艰苦的。这样的生活有什么可向往的呢!

然而,根据我个人的经验,发思古之幽情,几乎是每个人都有的。到了今天,沧海桑田,世界有多少次巨大的变化。人们思古的情绪却依然没变。我举一个具体的例子。十几年前,我重访了我曾待过十年的德国哥廷根。我的老师瓦尔德施米特教授夫妇都还健在。但已今非昔比,房子捐给梵学研究所,汽车也已卖掉。他们只有一个独生子,二战中阵亡。此时老夫妇二人孤零零地住在一座十分豪华的养老院里。院里设备十分齐全，游泳池、网球场等等一应俱全。但是，这些设备对七八十岁八九十岁的老人有什么用处呢？让老人们触目惊心的是，每隔一段时间就有某一个房号空了出来，主人见上帝去了。这对老人们的刺激之大是不言而喻的。我的来临大出教授的意料，他简直有点喜不自胜的意味。夫人摆出了当年我在哥廷根时常吃的点心。教授仿佛返老还童，回到了当年去了。他笑着说："让我们好好地过一过当年过的日子，说一说当年常说的话！"我含着眼泪离开了教授夫妇，嘴里说着连自己都不相信的话："过几年，我还会来看你们的。"

我的德国老师不会懂"当时只道是寻常"的隐含的意蕴，但是古今中外人士所共有的这种怀旧追忆的情绪却是有的。这种情绪通过我上面描述的情况完全流露出来了。

仔细分析起来，"当时"是很不相同的。国王有国王的"当时"，有钱人有有钱人的"当时"，平头老百姓有平头老百姓的"当时"。在李煜眼中，"当时"是车如流水马如龙，花月正春风游上林苑的"当时"。对此，他没有别的办法，只有哀叹"天上人间"了。

我不想对这个概念再进行过多的分析。本来是明明白白的一点真理，过多的分析反而会使它迷离模糊起来。我现在想对自己提出一个怪问题：你对我们的现在，也就是眼前这个现在，感觉到是寻常呢还是不寻常？这个"现在"，若干年后也会成为"当时"的。到了那时候，我们会不会说"当时只道是寻常"呢？现在无法预言。现在我住在医院中，享受极高的待遇。应该说，没有什么不满足的地方。但是，倘若扪心自问:"你认为是寻常呢,还是不寻常?"我真有点说不出,也许只有到了若干年后,我才能说:"当时只道是寻常。"

2003年6月20日